Éric Daries
Jérôme Maufras

Nous, les **enfants** de 1973

De la naissance à l'âge adulte

Éditions Wartberg

Mentions légales

Crédits photographiques :

Archives personnelles, p. 4, 6, 8b, 9-15, 17, 19-20, 22-23, 25-29, 32-33, 35, 38-41, 47, 49, 52-53, 55-56, 59b, 63b.
© Picture-alliance / dpa, p. 8h, 18, 34, 50 ; Picture-alliance / Herve Champollion / akg-images, p. 21 ; Picture-alliance / maxppp, p. 36 ; Picture-alliance / Mary Evans / APL, p. 43 ; Picture-alliance / Photoshot, p. 45 ; Picture-alliance / DPA FILE / epa, p. 58 ; Picture-alliance / Mary Evans Picture Library, p. 59h, 60, 61.
© Ullstein bild, p. 5, 37 ; Ullstein bild – Weychardt, p. 16 ; Ullstein bild – Rzepka, p. 44 ; Ullstein bild – Werner OTTO, p. 46 ; Ullstein bild – united archives, p. 48 ; Ullstein bild – Jazz Archiv Hamburg, p. 51 ; Ullstein bild – Ritter, p. 63h.
© Roger-Viollet, p. 42, 54, 57 ; Jacques Cuinières / Roger-Viollet, p. 7, 24 ; Angelo Mellili / Roger-Viollet, p. 31 ; Carlos Gayoso / Roger-Viollet, p. 62.

Nous remercions tous les ayants droit pour leur aimable autorisation de reproduction. Dans le cas où l'un d'eux n'aurait pu être joint, une provision de droits est prévue.

1re édition, 2011

40, rue de l'Échiquier
75010 Paris

Un département de Wartberg Verlag GmbH & Co. KG.
Im Wiesental 1
34281 Gudensberg-Gleichen
Allemagne

Conception graphique : Ravenstein & partenaires, Verden.
Imprimé en Allemagne sur les presses de Thiele & Schwarz, Kassel.

ISBN : 978-3-8313-2573-3

Préface

Chers enfants de 1973,

Pour les enfants de 1973, tout semble aller comme il se doit : parents attentifs, scolarité bien huilée, vacances à dates fixes, rites télévisuels. En grandissant, nous n'avons connu ni guerre, ni épidémie ; le chômage ne nous concerne pas encore ; nous sommes nés libres d'être nus sous le soleil, de manger moins de cinq fruits et légumes par jour, de fréquenter nos amis ailleurs que sur Facebook, de faire du vélo sans casque et d'aller seul à l'école sans peur. Nous avons vu arriver les premiers ordinateurs et les premiers mangas, et même un Français gagner Roland-Garros. Bref, nous avons été heureux… dans un monde qui n'existe plus.

Ce monde qui nous a vus naître était stable, divisé en blocs et en alliances gravés dans le marbre ; ses frontières semblaient immuables. Nous n'étions pas prêts pour un monde multipolaire, éclaté, illisible. L'URSS qui s'effondre, la RFA qui avale la RDA, la Yougoslavie qui éclate, les frontières européennes qui s'effacent, la France dans l'OTAN, la Chine capitaliste, l'Inde en pleine croissance : scénario de science-fiction qui aurait fait rire nos professeurs !

Ipod, Ipad, portables et Internet semblent tout aussi futuristes quand on a vécu avec un téléphone fixe, une télévision dotée de trois chaînes et un Minitel, entretenu une correspondance avec un ami, ou parlé à une vraie personne en appelant les renseignements.

Comble de l'ironie, les enfants de 1973 ont été élevés par des couples mariés où l'autorité paternelle continue de faire loi, mais doivent composer avec des concepts tels que la monoparentalité, les familles recomposées ou la garde alternée. Ils n'ont pas connu le principe de précaution, mais des principes. Ils ont grandi dans un monde d'adultes où il ne faisait pas bon contester, répondre ou couper la parole.

En un mot, les enfants de 1973 sont nés dans une époque conservatrice, dont la transformation a été lente, et subissent le changement, la précarité, le zapping.

Arrivés trop tard pour les Trente Glorieuses et trop tôt pour Internet et la téléréalité, ils sont comme un meuble Louis XIII dans un salon Starck. Gentiment désuets, mais terriblement heureux de l'être, ils chérissent leurs souvenirs comme des vaccins dans une époque malade. Les enfants de 1973 devraient être une espèce protégée.

Jérôme Maufras — Éric Daries

1973-1975

Enfant de la crise ?

Le bonheur est une idée neuve pour bébé !

Enfant d'une société nouvelle

Les enfants de 1973 font partie des derniers en France à surprendre leurs parents : l'échographie est encore rare, et de sévères sages-femmes prononcent encore la phrase rituelle : « C'est un garçon. » Monsieur est exclu. Il a ordre d'attendre plus loin, au café, où il veut. Qu'il déguerpisse, il saura plus tard : c'est une affaire de femmes. Une affaire de morale, aussi, puisqu'on accorde rarement le privilège de la péridurale aux jeunes femmes afin qu'elles connaissent mieux les « joies de l'enfantement ».

Chronologie

18 juin 1973
La grève éclate dans l'usine Lip à Besançon. Les ouvriers veulent faire de leur entreprise une coopérative ouvrière autogérée. La police évacuera l'usine en août.

11 septembre 1973
Au Chili, la junte conduite par Augusto Pinochet renverse le gouvernement de Salvador Allende.

6 novembre 1973
Début de la guerre du Kippour.

17 novembre 1973
Choc pétrolier. Les pays industrialisés paient chèrement leur dépendance au pétrole. La hausse des prix sonne le glas des Trente Glorieuses.

2 avril 1974
Mort de Georges Pompidou. Valéry Giscard d'Estaing deviendra le plus jeune président de la République.

5 avril 1974
Brigitte Bardot annonce à *France Soir* qu'elle arrête le cinéma.

25 avril 1974
Révolution des Œillets au Portugal.

Juillet 1974
Fin de la dictature en Grèce.

8 août 1974
Le président américain Richard Nixon démissionne après le scandale du Watergate.

4 avril 1975
Bill Gates et Paul Allen fondent Microsoft.

13 avril 1975
Début de la guerre civile libanaise.

17 avril et 28 avril 1975
Au Vietnam, chute de Phnom Penh et de Saigon. Après le départ des Américains, le pays sera divisé en deux.

14 septembre 1975
Parution de *La Vie devant soi* aux éditions du Mercure de France. Son auteur n'est autre que Romain Gary qui, sous le pseudonyme d'Émile Ajar, obtient le prix Goncourt pour la deuxième fois.

20 novembre 1975
Le général Franco meurt à 82 ans. Juan Carlos de Bourbon devient roi d'Espagne.

21 décembre 1975
Carlos prend en otage des ministres de l'OPEP.

Une femme de courage dans un monde d'hommes.

Après le péché, la douleur. Malgré le MLF et les voyages discrets en Angleterre, la naissance n'est pas encore quelque chose que l'on contrôle et choisit.

Charles de Gaulle avait réclamé à la nation douze millions de beaux bébés ; Georges Pompidou récolte les derniers fruits du baby-boom. Mais déjà le progrès fait son chemin, même s'il doit parfois passer au forceps. En 1974, Simone Weil défend avec un courage inouï la légalisation de l'IVG (interruption volontaire de grossesse). En 1975, le premier gouvernement de Giscard d'Estaing facilite le divorce. L'adultère n'est plus du ressort du pénal. La pilule est remboursée. Cette année-là, on célèbrera même une Année de la femme.

Si la « nouvelle société » de Jacques Chaban-Delmas n'a pas triomphé dans les urnes, la société nouvelle prend forme. La France s'extirpe doucement du code Napoléon et de son modèle patriarcal et rural.

Les sœurs jouent à la poupée sur le chemin des vacances...

Les nouveaux pères prennent leur rôle à cœur.

Enfants du progrès

Rurale, la France le reste pourtant. Certains se battent même pour « vivre au pays » ou retourner à la terre : babas cool, hippies, soixante-huitards créent des communautés, élèvent des chèvres dans la Creuse, manifestent dans le Larzac. « Faites labour, pas la guerre », proclament-ils. Tous les enfants de 1973 ont une cousine qui a un jour claqué la porte d'un repas de famille pour aller apporter son soutien à ces communautés, en laissant derrière elle des effluves de patchouli... Elle parle d'écologie, de croissance zéro, de Larzac, de René Dumont et d'OPEP. Les enfants de 1973 comprennent vite que tout est politique.

L'heure est à la prise de parole pour les ouvriers.

Les ouvriers ne sont pas en reste. Ceux de l'usine Lip, à Besançon, entendent lutter contre la mise en liquidation judiciaire de leur entreprise par la création d'une coopérative ouvrière. Le président Pompidou est à cent lieues de ces soviets à la sauce bisontine : il a la passion des arts contemporains et de l'industrie. Avec son design futuriste, la grosse pièce de dix francs créée en 1974 par Georges Mathieu est à l'image de la France industrielle et moderne qu'il rêve de bâtir.

Possédant la deuxième croissance la plus forte au monde, derrière les États-Unis, la France vit ses derniers instants d'insouciance économique et d'optimisme béat. La crise du pétrole ne saurait toucher des hommes si convaincus des bienfaits du progrès. Les villes grossissent, des banlieues sortent de terre, des autoroutes les relient, des hypermarchés permettent à leurs habitants de se ravitailler, l'automobile devient une religion. De grands équipements viennent couronner cette puissance de béton et d'acier : le palais des Congrès, Roissy, la tour Montparnasse, plusieurs CHU, des lycées, sans oublier les premières antennes de l'ANPE, dont on ne sait pas trop à quoi elles serviront au vu des 300 000 chômeurs que le pays peine à rassembler.

On rase, on éventre, parfois sans vergogne : les Halles ne sont plus le ventre de Paris. Un marché d'intérêt national (MIN) ouvre à Rungis. La gare Montparnasse n'est vraiment plus qu'une carcasse. Paris n'a pas encore de maire et compte de moins en moins d'habitants… Rares sont les logements parisiens qui disposent du même confort moderne que les cités de La Courneuve ou

La modernité au milieu des champs.

de Sarcelles. La banlieue est alors un choix raisonnable pour une famille comportant deux enfants. Mes parents quittent la Ville lumière en décembre 1973 pour une banlieue pavillonnaire de Seine-et-Marne.

L'orange, couleur qui règne en maîtresse sur les années 1970, n'est pas forcément du goût de tout le monde.

Enfants de banlieue

Chassés par l'augmentation des loyers pour des surfaces trop exiguës, les familles issues des classes modestes et moyennes s'éloignent du centre. L'inflation facilite ce rêve de ville à la campagne en rognant les traites. Salles de bains avec baignoire, WC individuels, chambres vastes, salon, baies vitrées, jardin et garage : la banlieue ne manque pas d'attraits pour qui a connu les embouteillages, la toilette au-dessus du lavabo et les WC sur le palier. Chaque matin, les gares parisiennes s'engorgent de millions de « banlieusards », paysans d'un genre nouveau qui, Carte orange à la main, joindront rapidement les contraintes de la vie urbaine aux désagréments de la vie rurale. Joie des embouteillages en ville, plaisir des inondations (de la Marne) à la campagne. Les pères partent tôt le matin et rentrent tard le soir. Les mères règnent en maîtresses sur notre monde.

Dans ce monde, une contractuelle nous fait traverser la rue et la boulangère « dispute monsieur » parce que les baguettes sont trop cuites. Les femmes doivent inventer la vie là où elle n'est pas encore tout à fait organisée. Pas de tout-à-l'égout avant 1976, un chauffage approximatif. La cheminée dans la chambre rappelle une autre époque, les commerces sont hors d'âge (droguerie, marchand de couleurs, bois-charbon). Les moyens de communication sont balbutiants : les PTT enregistrent sur une liste d'attente les millions de noms des demandeurs de téléphone. Le RER n'existe pas. La banlieue fleure encore les années 1950.

Quant à nous, on joue avec un feutre aubergine encore frais que Maman tient absolument à ranger avant que Papa rentre du travail. Dehors, les rues sont vides, les commerces rares et fermés entre 12 h 30 et 16 h 30. Certains trottoirs ne sont même pas goudronnés, et la boue colle aux semelles dès les premières pluies.

Premiers pas en banlieue.

La banlieue c'est pas rose,
la banlieue c'est morose !

Elle court, elle court, la banlieue…

À la fin des années 1960, de Gaulle enjoint à son ministre de l'Équipement de mettre « un peu d'ordre dans tout ce bordel ». La banlieue n'est alors qu'un amas de bicoques en meulières, d'entrepôts désaffectés, de cafés des sports roublards, de sablières, de friches, de manoirs, de bidonvilles et de marécages… Il faut donc construire, et le plus vite possible. Du préfabriqué, sur les plateaux venteux, dans les isolats, loin des centres. Des cités modernes et rutilantes. Les ouvriers viennent s'installer dans ces grands ensembles où les rejoignent des employés, des membres des classes moyennes. Sarcelles, Vaulx-en-Velin, les quartiers nord de Marseille, Les 4 000 à La Courneuve. En 1973, Paris s'entoure du périphérique comme d'une ceinture. Une frontière existe désormais entre ces quartiers, qui ne vont cesser de se dégrader, et la capitale.
Mais la banlieue, c'est aussi parfois le rêve d'une vie nouvelle. Sur un modèle américain, la société Levitt bâtit à Mennecy une ville de banlieue rêvée. S'y côtoient harmonieusement 1 600 pavillons sans portail, avec des jardinets plantés de gazon soigneusement tondu, et des maisons aux plans originaux. Cette aventure fait figure d'exception.

Le règne de l'automobile est sans limites.

Bébé est une personne

La révolution n'a pas vraiment eu lieu dans la rue. Elle aura donc lieu dans les foyers. Les intellectuels et les psychanalystes s'accordent sur ce point dans les colonnes du tout nouveau *Libération* et dans les amphithéâtres enfumés de Vincennes ou de Nanterre : pour briser les carcans sociaux, il faut briser les carcans familiaux. Françoise Dolto est le porte-drapeau de cette révolution éducative : « Bébé est une personne », proclame l'auteur du *Cas Dominique*.
Laurence Pernoud relaie ce message simple dans un best-seller dont personne ne connaît le titre et que chacun finit par appeler « le Pernoud ». Classique qui n'indique pas précisément pourquoi bébé pleure. Quelques pistes, en vrac : layette orange acrylique qui gratte, talc qui irrite la peau, hochets multicolores effrayants, girafe caoutchouteuse et amère en bouche, voisines à menton poilu, purées de carottes au foie de veau... Des motifs suffisamment nombreux pour avoir envie de grandir au plus vite. Et on ne parle pas de l'indigeste lait en poudre grumeleux.

En effet, à cause d'un curieux mélange de libération des femmes et de foi en un progrès fondé sur l'hygiène et le confort, on encourage les femmes à moins allaiter, et les couches en tissu deviennent des reliques de musée. Nous aurons des couches jetables comme les pères ont désormais des rasoirs Bic. Si l'école reste maternelle, l'éducation s'envisage de plus en plus à deux. Le magazine *Parents* encourage les nouveaux pères à renoncer à l'autorité d'antan. « La violence familiale produit la violence sociale. » Je ne connaîtrai ni gifle, ni fessée, ni martinet, ni punition, et serai pourtant sage comme une image : exception ou produit d'une société qui avait trouvé un savant équilibre entre le respect dû aux adultes et l'affirmation de la créativité enfantine ?

Ma mère a arrêté de travailler pour s'occuper de moi : le temps des nourrices de Félix Potin à cabas écossais et poireau poilu s'éloigne. Pas de crèche non plus. Ma mère et ma grande sœur m'emmènent à la piscine pour me faire retrouver le milieu naturel du bébé, suivant les préceptes des magazines féminins. Mais bébé – moi, en l'occurrence – se sent très bien sur la terre ferme et n'a aucun envie de tester la piscine flambant neuve, fût-ce pour retrouver la chaleur intra-utérine. Je hurle tout ce que mes poumons de 2 ans me permettent de hurler, et l'expérience tourne court. En rentrant à la maison, je vais me consoler avec une valeur refuge, un doudou crasseux que j'appelle ma « totote » et dont l'odeur me rassure. Ma mère range ses numéros de *Parents* et de *Modes et travaux*, et ne regarde plus « Aujourd'hui madame ». La société moderne va un peu trop vite pour nous.

Pas de portail, pas de cadenas.

Le jardin d'Éden

Mais l'enfance, c'est d'abord le jardin. Nous y faisons nos premières expériences : écrasement de colonnes de fourmis avec des boules de pétanque en plastique, observation et destruction des toiles d'araignée par jet de cailloux, pleurs dus aux piqûres d'insectes, découpage des plantations familiales au sécateur dès que Maman tourne le dos, creusement de canaux d'irrigation, élaboration de parcours de billes, collection de feuilles mortes qui pourriront dans des cahiers éventrés, apprentissage du vélo à trois roues, distribution de nourriture aux poissons rouges. Les jardins sont touffus, pleins d'arbres et de recoins, presque sauvages. Les cabanes y poussent comme des champignons.

Fréquemment, les parents nous appellent pour observer la vie animale : quelque hérisson a ainsi le pouvoir de transformer une soirée banale en safari nocturne. Les pères nous font admirer leurs exploits de jardiniers amateurs – tomates juteuses et fraises sucrées au menu. Nous connaissons encore le goût de l'authentique.

On s'amuse aussi dans les jardins, où les portiques fleurissent comme le lilas. S'y succèdent cascades et exploits gymniques : cochon pendu, balançoire et trapèze. On joue des heures à cache-cache, à la voiture à pédales. Les grandes sœurs sortent le grand jeu, une mode américaine qu'on appelle le skate-board et qui se pratique avec casque, coudières et genouillères ! Les adultes le désignent avec circonspection en parlant de « planche à roulettes ». En attendant, les voisins sont les bienvenus pour participer. Ils auraient tort de se priver : en banlieue, il n'y a même pas de portail au jardin.

Sous les pavés, la plage…

… et la poudre d'escampette.

L'école maternelle

Fort en cueillette…

Un rêve de progressisme

À partir des années 1970, la société française, longtemps méditerranéenne, se tourne de plus en plus vers l'Europe du Nord. Pour nous, il n'est rien de plus cool. Les sociétés germaniques et scandinaves nous paraissent douces,

Chronologie

16 juin 1976
Une marche pacifique organisée par des étudiants noirs est sévèrement réprimée par le gouvernement d'Afrique du Sud. Cette répression sanglante marque le début de la lutte contre l'apartheid.

Juillet-août 1976
Canicule et sécheresse en France.

9 septembre 1976
Mort de Mao Zedong, surnommé le « Grand Timonier ».

2 novembre 1976
Jimmy Carter est élu président des États-Unis.

25 mars 1977
Jacques Chirac devient maire de Paris, fonction qui était restée inoccupée depuis 1871.

Avril 1977
Raymonde et Raymond Bidochon font une première apparition dans *Fluide Glacial*. Face au succès de ces deux Français moyens, Binet prend l'habitude de malmener son couple fétiche dans de nombreux albums.

1er octobre 1977
Le roi Pelé se retire des terrains de football.

5 novembre 1977
René Goscinny, créateur d'*Astérix* et du *Petit Nicolas*, s'éteint dans son appartement parisien.

11 mars 1978
Décès accidentel de Claude François, à 39 ans.

14 mars 1978
Israël envahit le Liban.

16 mars 1978
En Italie, enlèvement d'Aldo Moro, chef de la Démocratie chrétienne, par les Brigades rouges.

17 septembre 1978
Signature des accords de Camp David sur la conclusion de la paix entre l'Égypte et Israël.

16 octobre 1978
Karol Jozef Wojtyla est élu pape et prend le nom de Jean-Paul II.

En sortie sur les bateaux-mouches…

libérées, modernes, démocratiques. Il suffit de voir ces sympathiques bandes de touristes braver le froid breton ou les Landes brûlantes pour s'en convaincre : bardés de matériel de camping, débarquant en famille dans des camping-cars massifs, ils construisent des châteaux de sable géants sur les plages, parlent fort et vont même, parfois, jusqu'à afficher leur nudité sans complexe.

Quant aux Allemands, ils imposent au monde entier leurs voitures, leurs jouets et même leur chocolat, qu'ils baptisent naïvement « enfants » (*Kinder* en allemand). Entouré de marketing à col roulé et coupe au bol, ce « bon chocolat au lait, avec une surprise et un jouet » constitue la récompense suprême à la boulangerie…

Toute une société en miniature.

Un héros de 8,5 centimètres

On l'appelle d'abord « Klicky » : pour le baptiser, son créateur allemand s'est inspiré du bruit que produit ce petit bonhomme de 8,5 centimètres quand on l'assoit. Fabriqué par la Geobra Brandstätter depuis 1974, ce personnage à la coupe raide, aux gestes saccadés et au sourire aussi jovial qu'inamovible, commercialisé dans des boîtes bleu pastel, sera bientôt renommé « Playmobil ».

Avec ses semblables, il reproduit en miniature une société parfaite et harmonieuse : policiers souriants, ouvriers épanouis, femmes douces et maternelles. Chez les Playmobil, pas de soldats ni de voleurs, et encore moins des prisons – la police sert à encadrer la société et à porter secours, pas à punir. Chez les Playmobil, pas de Vikings ni de chevaliers teutoniques – l'Histoire est neutre et lointaine, les cowboys et les Indiens se partagent la vedette. Et, comme le rappelle le slogan à destination des parents, « Klicky prend peu de place ! » Les Danois ne s'en laissent pas conter et continuent de développer leurs Lego, qui existent depuis 1932. Ces petites briques venues du froid se mêlent, s'additionnent, se prêtent à mille inventions, développant réactivité, initiative et responsabilité. La maison devient voiture, le camion, moulin, le bateau, école. Le ludique devient pédagogique et les sociologues osent l'affirmer : « Le jeu est le travail de l'enfant. » Jouer, c'est déjà politique.

Toujours dans les starting-blocks.

Les rapports sociaux restent violents

Lors de notre entrée en maternelle, les grosses barres de chocolat noir Menier de nos grands-parents, servies sur du pain beurré pour les adoucir, ont ainsi pris un sacré coup de vieux – de même que les Meccano rouillés de mon papou, et la société française dans son ensemble. Le Dupont-Lajoie de Claude Sautet, relooké en Super-Dupont par Gotlib, nous renvoie l'image d'un Français macho, moustachu, lâche, féru de ratonnades, de chasse et de chiens de garde, et prêt à violer dès que l'alcool échauffe un peu son tempérament. Dans *Coup de tête* du jeune Jean-Jacques Annaud, les notables provinciaux sont pétris de certitudes et méprisants envers les ouvriers.

L'après-1968 laisse deux choix aux mouvements d'extrême gauche : la conquête du pouvoir par les urnes ou la lutte armée – Brigades rouges en Italie, RAF en Allemagne, Action directe en France. Malgré tout, la plupart des gauchistes français optent pour la contestation à armes légales.

Mai 68 a accentué le phénomène du découpage de l'extrême gauche en groupuscules parfois pittoresques, rarement violents. L'activisme est partout : les maos établis montent des sections syndicales pour faire de l'agit-prop dans les usines, Sartre distribue *La Cause du peuple*. *Libé*, *Charlie-Hebdo* et *Hara-Kiri* surfent sur la vague contestataire. Mais en 1976, le PCF renonce à la dictature du prolétariat. La flambée de 1968 se mue doucement en un programme commun porté par un homme issu de la vieille gauche, François Mitterrand. Pour les enfants de 1973, un président, c'est chauve.

Abba, le succès qui venait du froid.

Les années variétés...

Il n'y a pas que les touristes qui nous font rêver à la Scandinavie : c'est l'époque où de bien sympathiques Vikings aux vêtements flashy et aux mœurs libérées connaissent un succès intergalactique. Abba est formé de deux couples, filmés dans des paysages adoucis avec des filtres volés à David Hamilton, ou dans des intérieurs décorés d'un mobilier design et chaleureux. Les filles portent angora et mohair, bottes et mini-shorts ; les garçons jouent du synthétiseur et leurs cheveux sont aussi longs et soyeux que ceux de leurs compagnes.

À la mode française, ce charme suave est incarné par la belle Joëlle Mogensen, championne de natation batave devenue une membre sulfureuse du groupe de pop-folk Il était une fois, dont, certes, les draps se souviennent... Autre dieu du second pays du fromage, Dave, dont la beauté gracile ne dissimule pas une orientation sexuelle que la prude ORTF ne s'aventurera jamais à évoquer. On aimerait que Sheila (avec ou sans les impayables B. Devotion), Ringo, Carlos, Joe Dassin, Michel Sardou et Claude François s'inspirent de lui. Avec son grand sourire, sa simplicité caustique, son accent charmeur, il est l'idole de la fin des années 1970. Poli et sympathique, il promène ses tubes sur les plateaux avariés de Guy Lux avec une joie de vivre qui nous laisse penser que les Pays-Bas sont le pays le plus cool du monde.

Johann Cruijff et ses Oranje mécaniques contribuent à nous donner ce sentiment. Mais s'ils ont été finalistes de la Coupe du monde de football en 1974 et 1978, les Néerlandais continuent de soulever chez nous une interrogation existentielle : pourquoi diable ont-il mis leur drapeau à l'envers ?

À l'époque où j'avais la coupe de Dave.

Georges Marchais : le PC qui fait rire

Personnage phare de la scène politique française des années 1970, Georges Marchais en aura été l'un des principaux animateurs autant que le grand perdant. Crédité de 20 % des suffrages en 1969 et fort du soutien de plusieurs syndicats revigorés par l'éclosion de Mai 68, le PCF semble alors avoir de beaux jours devant lui. À sa tête, un jeune dirigeant charismatique, fort en gueule, proche du monde ouvrier et maire de Champigny, une commune populaire du Val-de-Marne. Pris entre la force tranquille de François Mitterrand – qui piège les communistes dans une alliance dont ils ne peuvent tirer parti qu'à l'échelle locale – et les révélations désagréables qui fissurent le modèle soviétique, Georges Marchais joue la carte des médias.
Intraitable, il devient un excellent client pour la télévision française. Préparant chaque prestation comme un match de boxe, le premier secrétaire fait surtout des étincelles en invectivant les journalistes Alain Duhamel et Jean-Pierre Elkabbach. Moqué par les humoristes pour ses emportements proverbiaux, Georges Marchais s'enferre dans son personnage pour devenir peu à peu une caricature de lui-même.
En 1981, son score historiquement faible de 14 % aux présidentielles marginalise le PCF et signe l'amorce d'un long déclin.

Les années sexy

Les plus grands connaissent eux aussi la réputation des pays d'Europe du Nord : liberté de mœurs, naturisme, échangisme... À l'époque, le grand Nord est chaud comme la braise. En évoquant Copenhague dans *Sois érotique*, les Charlots traduisent l'attirance des hommes des années 1970 pour la beauté froide des Suédoises longilignes, dont l'exotisme blond et les yeux bleus charment et fascinent. Et que dire de Sylvia Kristel, la brûlante Néerlandaise qui incarne Emmanuelle, affichée en quatre par trois sur les Champs-Élysées pendant dix ans ? Les parents qui hurlaient au « film cochon » et « un peu trop olé-olé » dès que se dressait le bout d'un sein de Mireille Darc, se voient servis avec la dépénalisation de la pornographie !

C'est désormais toute la société qui se met à poil et fait exploser les codes d'un ordre dit moral : le Club Med invite aux rencontres d'un soir, les publicités Fa, Obao ou Oil of Olaz provoquent le trouble chez les petits garçons, de même que l'actrice châtain des « Drôles de dames », grâce à qui je comprends très jeune quelles seront mes préférences sexuelles.

Même les dessins animés mettent en scène des créatures sculpturales : la palme à « Goldorak » et à « Albator » avec ses Sylvidres érotiques en diable ! Heureusement, les gendarmes de Saint-Tropez poursuivent des nudistes à longueur de films, le carré blanc est là pour signaler les programmes prétendument sulfureux, et *Télé 7 jours* ouvre ses colonnes à un représentant de l'église catholique, qui donne son avis sur chaque film. Nous connaissons la joie de deviner plutôt que de savoir...

Carte orange ou tracteur jaune ?

C'est la vie, c'est permis

Mais la liberté n'est pas que sexuelle : elle est partout, tellement présente qu'on ne la voit pas. Pas de principe de précaution, pas de critiques comportementales, pas de morale frelatée.

Nos parents boivent avant de prendre le volant et n'ont pas à subir les affres de l'éthylotest, qui n'a pas encore été diffusé. On se gare où on

À l'époque, on ose tout, même en architecture.

veut, où on peut : les places ne sont pas encore payantes. C'est la pleine période de la zone bleue, ce stationnement gratuit mais limité dans le temps – un principe fondé sur la bonne foi des automobilistes. Le parcmètre aura bizarrement raison de cette vertu.

En attendant, on s'amuse à faire tourner le petit disque cartonné dans sa pochette plastique, et on tente de comprendre à quoi servent les chiffres rouges imprimés dessus. Quand on monte dans l'auto (oui, certains « grands » utilisent encore ce joli mot), on ne s'attache pas ; on joue, on fait des roulades à cause d'un virage serré, on s'allonge sur la banquette arrière. Ma sœur et moi, nous nous aménageons des cabanes à l'arrière de la Fiat 124 SP parentale, et nous nous déplaçons librement dans l'habitacle. Airbag, ABS ? Nous répondons carambolage, carcasse de tôle fumante. Les accidents sont légion et souvent mortels. La ceinture de sécurité n'est pas obligatoire à l'avant et inconnue à l'arrière, de même que les sièges pour bébés. « Un petit clic vaut mieux qu'un grand choc », assène le slogan publicitaire. Il faudra quand même que le législateur s'en mêle, en 1978, pour mettre les Gaulois au pas.

La santé ? Tout va très bien, merci. En vacances, à la plage, je suis nu comme un ver, couvert d'huile à bronzer pour mieux capter les rayons cancérigènes. De la crème Nivea sur les rougeurs et il n'y paraîtra plus ! À vélo, pas question de casque – pas plus qu'en mobylette, sur laquelle Maman m'accompagne à l'école. Il ne manquerait plus que ça !

Promenade en famille.

Il faut dire que ma mère ne met même pas d'antivol à son terrible engin quand elle va faire des courses. Mal lui en prend : un jour, des blousons-noirs venus en bande de la cité lui dérobent sans mal le précieux véhicule. J'assiste à la scène sans rien dire, depuis l'intérieur de la boutique : les méchants existent donc, et ce ne sont pas toujours des Indiens ni des Soviétiques. Pourtant, tout ça ne suffirait pas à faire renoncer ma tante à un principe simple : un bon chrétien laisse la porte ouverte aux nécessiteux, toujours prêt à partager la chaleur de son foyer. Admirable naïveté.

Mignonne, allons voir si la rose...

Enfin, tout le monde fume. Partout, la Gitane est reine. En voiture, dans les ascenseurs, à la télé. Les maîtres et maîtresses fument dans la cour de récréation, voire en classe au collège ou au lycée. C'est le monde des adultes, qu'y trouverait-on à redire ? À l'école, pour me récompenser d'une bonne performance au lancer de javelot, un prof de sport m'offre une cigarette en chocolat. Il ne sait pas que trois mois plus tôt, un cancer du poumon a emporté mon tonton Michel. Il avait une moustache, était cibiste. Il a emporté les années 1970 avec lui.

Vite, un vœu !

Le monde est un écran en couleurs ou en noir et blanc…

Pour toute une génération, le monde de nos parents est un monde en noir et blanc. Seul le nôtre est en couleurs – à l'exception de notre télévision, où les dégradés de gris jouent les gardiens de la tradition. Choc de la première image en couleurs vue chez un copain pendant un goûter d'anniversaire : le bec de Daffy Duck est en réalité d'un orange fulgurant. Joie inquiète de voir le vieux poste rendre l'âme, remplacé dans la foulée par un modèle en couleurs. Le futur vient d'entrer chez nous. Souvenir des trois chaînes toutes neuves, émanations de l'ORTF éclatée en 1974. TF1 avec ses Tifins et le petit lion Loeki, Antenne 2 portée par ses génériques avant-gardistes et terrifiants (« Stade 2 », « Les Dossiers de l'écran », « Folon »), FR3 dont les programmes ne commencent pas avant 17 heures et où la publicité est interdite.

Stratégiquement assis à côté de la télé.

Rien de bien excitant, donc, sinon l'arrivée des premières séries américaines comme « Starsky et Hutch », « La Petite Maison dans la prairie », « Drôle de dames », « La Croisière s'amuse »… La télévision est alors monolithique et conformiste : Guy Lux règne en maître sur les prestations lénifiantes de Tino Rossi, tandis que Roger Gicquel prononce son fameux

Les plages bretonnes défigurées.

« La France a peur » et nous fait découvrir l'étendue du désastre de la marée noire en Bretagne. Pour les parents, une télévision plus ambitieuse met la culture pour tous à l'honneur : « Le Grand Échiquier », « Apostrophes », « Thalassa », « Droit de réponse », « Les Chiffres et les Lettres ».

On distingue aussi quelques touches de couleurs et de gaieté : Maritie et Gilbert Carpentier, le « Collaro show », « Les Visiteurs du mercredi » présentés par la jolie Soizic Corne sur TF1, et « Récré A2 », animé par la fraîche et moderne Dorothée. La pédagogie ludique est à l'honneur, baignée de bons sentiments et de franche camaraderie : « L'Île aux enfants », « Les Quat'Z'amis », « Croque vacances »... Aucune violence à nos yeux, juste un prolongement de notre chaleur familiale. Nous sommes rassurés, et nos parents aussi.

La télévision s'impose : elle dicte l'heure des repas, rythme les mercredis et les saisons, nous fait découvrir les soubresauts du monde. Nous passons nos soirs d'été devant « Jeux sans frontières », la fin du mois de décembre devant « Les Visiteurs de Noël », le samedi soir devant « Variétés », les jours de grève face à la mire... Se lever pour changer de chaîne, régler l'image en tournant le bouton de sélection : ce qui peut paraître archaïque aujourd'hui représentait pour nous une fenêtre de liberté, une modernité dont on se demandait comment nos parents avaient pu se passer. Les pauvres, forcés d'écouter les matchs de foot l'oreille collée au transistor...

Les bronzés

Le tourisme de masse est l'une des grandes nouveautés des années 1970 : les Français sont chaque année plus nombreux à partir en quête de soleil ou de neige. Chaque catégorie sociale trouve chaussure à son pied : aux célibataires les tout neufs clubs de vacances, aux plus aisés l'avion, aux routards l'auto-stop, aux familles le camping ou les locations. Mais beaucoup ont en commun leur destination : la Côte d'Azur tient la vedette.

Quelle excitation à l'arrivée des grandes vacances ! C'est l'occasion de jouer enfin avec les fameuses raquettes en plastique noires et leur balle en mousse jaune, ou avec le Nerf, ballon de rugby orange transpercé de cordelettes qu'on s'envoie en écartant vivement et largement les bras. Les pères se lâchent en marcel fantaisie, bob et espadrilles… Ils rêvent tout haut d'une bicoque de pêcheur.

Les vacances, c'est aussi la vaisselle en bakélite à grosses fleurs orange, les moustiques increvables, les coups de soleil, l'ennui en attendant la fin des sacro-saintes « deux heures de digestion » pour aller se baigner. C'est le petit bateau pneumatique (orange) ou les bouées avec tête de canard. Pour les plus aventureux, la chasse aux crabes et aux étoiles de mer multicolores.

Le soir, on joue à des jeux de société – 1 000 Bornes, pour les intimes. Pas de télé en vacances : c'est d'abord l'occasion de se retrouver en famille, même si la mère au foyer reste mère en caravane, si la grande sœur n'en est pas moins énervante, et s'il faut quand même aller se coucher avant les adultes et faire la sieste.

Comme à la maison.

Changer la vie

Deux enfants sages à l'école de la République.

À bonne école

Rentrée 1979. Raie sur le côté, le cheveu fraîchement coupé par Maman, Kickers aux pieds (pastille rouge sous le pied gauche et verte sous le pied droit), cartable US en toile ou Tann's en daim avec les raccords en cuir dans le dos, on attend qu'une maîtresse actionne la cloche ou fasse tourner la bille de bois de son sifflet chromé pour entrer au CP.

Chronologie

16 janvier 1979
En Iran, l'ayatollah Khomeiny fonde la République islamique.

3 mai 1979
Le parti conservateur remporte les élections en Angleterre. Margaret Thatcher devient Premier ministre.

17 juillet 1979
Simone Veil est élue première présidente du Parlement européen.

27 décembre 1979
Les troupes soviétiques envahissent l'Afghanistan.

6 mars 1980
Marguerite Yourcenar est la première femme élue à l'Académie française.

19 juillet 1980
Jeux olympiques de Moscou, boycottés par 56 pays.

22 septembre 1980
Début de la guerre opposant l'Iran à l'Irak.

26 octobre 1980
Coluche annonce au journal télévisé sa candidature à l'élection présidentielle.

4 novembre 1980
Ronald Reagan est élu président des États-Unis.

1er janvier 1981
La Grèce rejoint la CEE.

10 mai 1981
François Mitterrand est élu président de la République française.

21 juin 1981
Jack Lang organise la première Fête de la musique.

2 avril 1982
Invasion des Malouines (territoire britannique d'outre-mer) par l'Argentine.

4 août 1982
L'homosexualité n'est plus un délit, et la majorité sexuelle est fixée à 15 ans.

30 novembre 1982
Sortie du sixième album du chanteur Michael Jackson, *Thriller* : ce sera le disque le plus vendu de tous les temps.

5 octobre 1983
Lech Wałęsa obtient le prix Nobel de la paix.

En voiture !

Un directeur « à l'ancienne » dirige ce petit monde, Gitane maïs au bec et main leste. On redoute les abords de son bureau autant que le Brutus des *Sous-doués passent le bac*. Les parents veillent aux devoirs, aux poésies à apprendre par cœur, à la bonne tenue des cahiers et au classement de fin de trimestre. En fin de CM1, je serai récompensé de ma place de second par une montre à quartz avec bracelet en inox et rétro-éclairage pour pouvoir lire l'heure la nuit. Je l'ai sans doute mise le jour de la grande sortie au Palais de la découverte, ou peut-être à l'ultramoderne Cité des sciences.

Nos parents mettent un point d'honneur à ce que nous réussissions : si, depuis 1975, le collège pour tous promis par la réforme Haby ouvre des perspectives, le baccalauréat continue

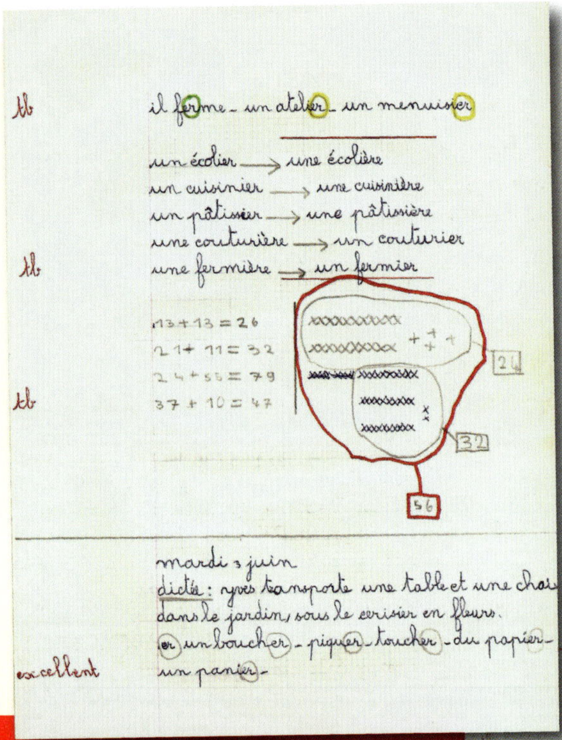

tb il ferme - un atelier - un menuisier

un écolier → une écolière
un cuisinier → une cuisinière
un pâtissier → une pâtissière
une couturière → un couturier
tb une fermière → un fermier

13 + 13 = 26
21 + 11 = 32
24 + 55 = 79
tb 37 + 10 = 47

26
32
56

mardi 3 juin
dictée : yves transporte une table et une chaise dans le jardin, sous le cerisier en fleurs.
er un boucher - piquer - toucher - du papier - un panier -
excellent

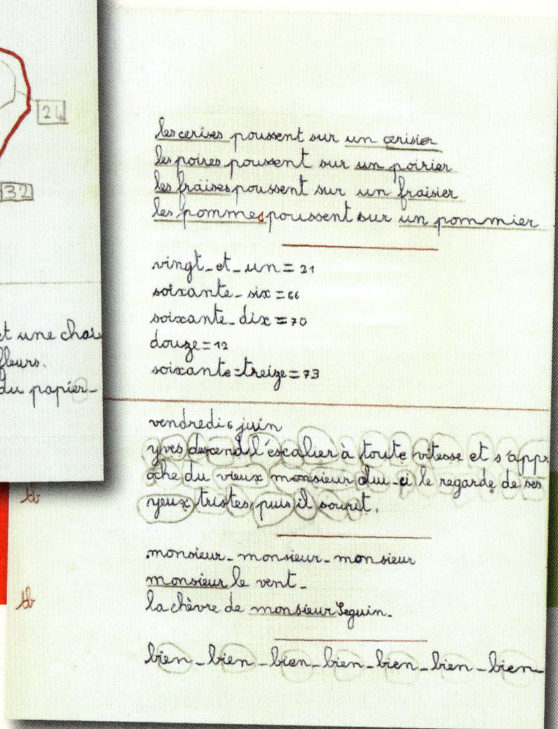

les cerises poussent sur un cerisier
les poires poussent sur un poirier
les fraises poussent sur un fraisier
les pommes poussent sur un pommier

vingt-et-un = 21
soixante-six = 66
soixante-dix = 70
douze = 12
soixante-treize = 73

vendredi 6 juin
yves descend l'escalier à toute vitesse et s'approche du vieux monsieur qui le regarde de ses yeux tristes, puis il sourit.
tb

monsieur - monsieur - monsieur
monsieur le vent -
tb la chèvre de monsieur Seguin.

bien - bien - bien - bien - bien - bien - bien -

Calcul, français, nous maîtrisons les fondamentaux dès le CP !

de faire peur, surtout à nos parents, qui n'ont pas tous eu la chance de le passer. Les fils d'ouvriers, d'employés, de médecins et d'experts-comptables fréquentent souvent les mêmes écoles. Les institutrices ont fait l'École normale ou, massification de l'enseignement oblige, ont été recrutées à bac + 2, voire à la volée comme Coluche dans *Le Maître d'école*. Nous avons le sentiment que tout le monde peut réussir, et ce sentiment n'a pas encore été affecté par la deuxième crise pétrolière de 1979 ni par le million de chômeurs que compte la France au tournant des années 1980.

Pour nous motiver, on continue de nous distribuer des bons points. Au bout de dix bons points, nous obtenons une image relatant un épisode glorieux de l'histoire de France. Dans l'espoir d'être ainsi distingués, nous levons frénétiquement nos ardoises noires pendant les contrôles de calcul mental et remplissons convulsivement des polycopiés mauves aux effluves alcoolisées, après les avoir collés minutieusement à la colle Cléopâtre. Nous prenons aussi grand soin de nos livres, recouverts de papier kraft.

Dans notre classe, tout le monde s'appelle Cyril, Sébastien, Stéphane, Céline, Isabelle ou Carine. Tout le monde, ou presque. Si pour certains, Yannick Noah et Linda de Suza sont les seuls immigrés dont on parle – avec ceux des émeutes urbaines des Minguettes et de la Marche des beurs, à la limite –, pour d'autres, la cohabitation entre Français, Portugais, Cambodgiens échappés aux Khmers rouges et Maghrébins semble évidente. À l'époque, pas de petite main jaune : on touche à nos potes, on joue avec eux, rien de plus normal.

La classe de neige, une occasion de découvrir le ski.

Dans mon école, une dame de la cantine passe de temps en temps dans les classes pour demander quels enfants ne mangent pas de porc. Les parents de mes copains algériens ne parlent presque pas français, et je découvre la pratique du ramadan dans une France où les questions religieuses sont quasiment absentes du débat public. Le journal d'Antenne 2 parle bien d'une révolution islamiste qui aurait renversé un chat en Iran (?) et à laquelle on ne comprend rien. Mais à l'école, on ne parle pas de tout ça : notre génération a appris qu' « il faut de tout pour faire un monde », comme le générique d' « Arnold et Willy » nous le rappelle tous les dimanches.

Pour la plupart d'entre nous, l'école est publique, gratuite (on nous fournit cahiers, crayons, gommes et stylo) et, malgré les mystérieuses mentions « Garçons » et « Filles » qui habillent encore certains frontons, mixte. Peu importe, car la mode est quasiment unisexe : sous-pulls en nylon et polyester orange ou cobalt, pantalons de velours rouge Elastis avec renforts en skaï

aux genoux, cagoules et moufles marron dès les premiers frimas. Cerise sur le gâteau, l'inévitable K-Way porté à la ceinture, accompagné de bottes en plastique vertes les jours de pluie...

En sport aussi, garçons et filles sont réunis : nous enfilons tous des chaussons de danse quand il s'agit de s'exercer sous le préau. Les plus sportifs portent des chaussures blanches à scratchs (auxquelles on redonne un coup de jeune grâce à une sorte de tampon blanchissant) et des t-shirts Ucla. Au programme : tour du terrain de hand avec point de côté à la clef, (presque) montée à la corde, poutre, roulades, épervier... En cas de chute, la bouteille couleur caramel de Mercryl Laurylé est vite dégainée.

Et en cas de gros coup de pompe, des boissons chimiques nous désaltèrent : Tang, Orangina et surtout Fruité. Cette dernière est popularisée par Michel Platini, la grande vedette du foot en France. Des vedettes, le sport français en compte désormais un certain nombre : Platoche, mais aussi Yannick Noah, Bernard Hinault, Alain Prost. Pourtant, si « Fruité, c'est plus musclé », comme le proclame le slogan, la victoire, elle, ne se proclame pas – elle s'apprend, comme la défaite. Or, quand on est né en 1973, il suffit d'une défaite pour savoir ce qu'être français veut dire : Séville 1982.

I'm black and I'm proud

« Say it loud, I'm black and I'm proud » (« Dites le haut et fort, je suis noir et fier de l'être »), chantait James Brown à l'époque de la lutte pour les droits civiques aux États-Unis. Les années 1980 ne seront plus des années de revendication, mais d'affirmation : « Black is beautiful. » Les chanteurs noirs sortent du ghetto de la « musique pour noirs » promue par la Motown. Bob Marley chante la révolution et les paradis artificiels ; Michaël Jackson est le représentant le plus évident de cette aspiration à dépasser les genres, les sexes et les couleurs. Il entraîne dans son sillage Prince et Lionel Ritchie, mais aussi des acteurs comme Carl Weathers (Apollo Creed dans Rocky*) ou Eddie Murphy, et des sportifs comme Carl Lewis ou Michael Jordan. Enfin, certaines sitcoms mettent en scène des familles noires, comme « Le Cosby show ».*

La France aussi se découvre des stars noires : Grace Jones est l'icône absolue de la mode, de la chanson et de la publicité des années 1980. Quant à Éric Blanc, Firmine Richard, Isaac de Bankolé ou Pascal Légitimus, ils revendiquent d'être des acteurs à part entière et pas seulement les noirs de service. Mais la grande star black française des années 1980, c'est Yannick Noah, vainqueur de Roland-Garros en 1983. Pour les enfants de cette génération, un mousquetaire peut porter des dreadlocks.

Le caddie, symbole de la consommation.

L'hypermarché est un terrain de jeu

On peut toujours acheter une bouteille de limonade en verre « chez l'Arabe du coin », faire le marché le samedi matin, remplir un cabas au Codec ou au Prisunic en dépannage. Mais on peut aussi, et surtout, se rendre dans « le plus grand hypermarché d'Europe » – chaque hypermarché nouvellement construit revendique alors le titre. La boutique, c'était la surveillance mutuelle, les commérages, la vie de village transplantée en bordure de rocade. Aux villes nouvelles, les vies nouvelles. Et la vie nouvelle, c'est celle des monstres hypermarchés.

Leurs noms : Continent, Euromarché, Carrefour, Leclerc. Leur situation :le désert, le marécage, le plateau venteux, la zone inhabitable. Leurs attraits : l'anonymat, le parking, la commodité, les prix, l'abondance. Posés comme des cubes multicolores, ils sont avant tout le lieu de mille promesses et disent notre époque mieux que toute autre chose. Pour attirer le chaland, les promoteurs rivalisent de gigantisme, tout en se parant de galeries marchandes pour mieux s'insérer dans le tissu local. Pas vraiment conscients que leur implantation va progressivement condamner nombre de petits commerces et favoriser l'émergence de villes-dortoirs, nous y entrons en poussant joyeusement nos solides caddies.

L'hypermarché, c'est la liberté, un terrain de jeu et de découverte. On trouve tout en un seul endroit et les prix y sont plus bas qu'en centre-ville – argument massue que nous ne jugeons pas utile de discuter. Les règles sont simples et faciles à contourner : le vol à la tire est un sport déjà bien répandu. L'absence de caméras de surveillance et de portiques électroniques a valeur de blanc-seing pour les clients indélicats. Quant aux caddies en libre accès, les gosses malicieux des cités alentour les mettent à profit de cascades redoutables. On les retrouve désossés, débordant l'horizon dunaire des terrains vagues comme des carcasses de navires modernes.

Notre rapine à nous s'arrête là où cesse la légalité : nous profitons d'un produit mal étiqueté et donc malencontreusement en solde, nous nous servons dans les paquets de gâteaux et de biscuits apéritifs déjà éventrés. Tucs et luxueuses noix de cajou, ouverts par d'autres, font ainsi notre délice. Un rayon entier est d'ailleurs consacré aux friandises. Les barres chocolatées se multiplient, les industries innovent : chewing-gums bi-goût, en dragées, en tube, boules magiques aux quarante-six colorants, jus d'orange en poudre, bonbons en vrac et au poids… La société des années 1970 est à l'écoute de l'enfant. Dans les années 1980, elle cèdera peu à peu aux injonctions des multinationales qui découvrent là un nouveau marché, immense.

Un jour, une équipée à l'hypermarché manque de tourner mal, lorsque mon père et moi allons remettre nos bouteilles de verre à la consigne. Une fente s'ouvre sur un rai de lumière jaunâtre : les bouteilles glissent sur un tapis roulant crasseux et sont rapidement avalées. Un cliquetis, un bruit de bouteilles qui s'entrechoquent, puis un petit ticket récapitulant la somme récupérée : 9,60 francs. La récolte a été bonne… et c'est le moment que je choisis pour glisser sur le verglas. La pente du parking descend jusqu'à la nationale. Mon père se jette à terre pour me rattraper le bras et me remonte *in extremis*. En contrebas, un semi-remorque balaie la chaussée de ses phares. Soulagé, mon père me glisse le ticket de la consigne dans la main : je vais pouvoir m'acheter un petit jouet. Je choisis un jeu d'échecs de voyage, dont ma grande sœur me lit les règles. C'est une révélation.

À l'intérieur de l'hypermarché, la lumière des néons est crue. La famille se sépare comme un escadron : chacun sait ce qu'il a à faire. Et nous, ce que nous savons faire,

Géographie à l'ancienne sur papier buvard.

c'est nous gaver d'abondance. Surtout en période de Noël, le rayon jouets déborde. Ceux-ci sont de plus en plus variés ; la publicité, de plus en plus présente. Les jeux de société sont incontournables et souverains: Docteur Maboul, Hippo glouton, Puissance 4, Cluedo, Risk... Le Télécran et le jeu Simon nous font tout autant rêver, sans oublier l'orgue Bontempi.

L'ouverture tant attendue des cadeaux au petit matin.

Au fond du magasin, des pans de murs entièrement recouverts d'écrans de télévision attirent le regard. Il y a aussi l'informatique : des T05 en libre-service, la possibilité d'écrire son prénom et de le faire apparaître sur l'écran... Le Vidéopac et l'Atari 2 600, premières consoles de jeu, seront les vedettes du Noël 1981 – Pacman sera même élu « Homme de l'année » en 1982 par le très sérieux *Time*. On pourrait passer des heures à regarder les démonstrateurs faire étalage de ces prouesses techniques, grâce auxquelles nous pouvons désormais pousser un carré contre un rectangle sur fond de « blips » et de « pi-bu » aux accents métalliques. Les pixels entrent dans notre imaginaire par la grande porte.

Il est tout de même temps de rejoindre Maman devant les caisses : l'heure du rassemblement a sonné. Les grandes sœurs attrapent discrètement un 45 tours et un rouge à lèvres. Les pères, satisfaits, rapportent du rayon vins « une bonne petite bouteille » à 10 francs, ainsi que des essuie-glaces ou un quelconque instrument de bricolage ou d'entretien automobile. Pas d'autre jouet pour moi – il faudra attendre le bulletin de fin de trimestre –, mais une bouteille de limonade, quelques tranches de saucisson ou un fromage exotique pour célébrer la « semaine anglaise », qui résonnent comme d'irrésistibles promesses.

En rentrant à la maison, réconfortés d'avoir mis dans le coffre de la voiture tout ce qu'il faut pour être heureux, nous passons devant les grilles du Félix Potin fermé, devant la poissonnerie à vendre et le cordonnier sans âge et sans clients. Nous remarquons à peine l'ouverture des premiers fast-foods. Qu'importe, ce soir, après les roulés au fromage, on goûtera la nouvelle glace aux fruits de la passion.

La nuit la plus longue du football français.

Séville 1982, une date dont on se souviendra longtemps

Née trop tôt pour soutenir les Verts, notre génération est celle des Bleus, équipe surgie de nulle part et emmenée par Platoche, notre idole absolue. L'équipe allemande part favorite pour cette demi-finale.
Normal : les Allemands ont une supériorité physique et psychologique indéniable. La RFA a passé les années 1970 à tout gagner. Pourtant, face à la puissante machine allemande, nos chevaux légers font merveille. Il s'en faut d'un rien pour que Patrick Battiston nous donne une première fois la victoire, mais la brutalité inouïe de Harald Schumacher l'en empêche : traumatisme crânien. L'arbitre néerlandais ferme les yeux… Les commentaires géopolitiques iront bon train et voleront bas pendant des années.
L'injustice semble pourtant réparée dans la nuit sévillane quand cette équipe fabuleusement bleue sur un terrain fabuleusement vert prend un, puis deux buts d'avance. À vingt minutes de la fin, la France mène trois buts à un. Les commentateurs annoncent déjà une France irrésistible en finale. Depuis le canapé orange du salon, accoudés à une table en plastique à Palavas ou dans une location du Finistère, en buvant des verres de Pacific, de Tang et de Gini, alors que la soirée n'en finit pas de finir en ce mois de juillet, nous croyons tous que nos Bleus s'apprêtent à mettre fin à des années de disette.
Et pourtant, non. Les Allemands profitent de la naïveté française pour revenir à 3-2, puis 3-3, et finissent par s'imposer aux penaltys. Inconsolables, nous resterons prostrés de longues minutes à côté de la radio, dont s'échappent des commentaires désespérés. Aucune victoire ne consolera réellement la génération des enfants de Séville.

Changer la vie

Un écran CII-Honeywell Bull, de gros pixels verts et blancs qui défilent par bandes horizontales, un crâne qui se dessine. Nous sommes le 10 mai 1981. À la maison comme dans chaque foyer de France, on verra bientôt apparaître l'effigie de notre nouveau président. Des cris accompagnent la découverte d'un crâne dont la calvitie rappelle celle du président en exercice. Mais que nenni, c'est un autre crâne dégarni qui apparaît : celui de François Mitterrand. Prononcez « Mittrand » si vous avez peur que les chars soviétiques défilent sur les Champs-Élysées.

Certains journalistes ont du mal à cacher leur déception, certains dirigeants de gauche ont du mal à modérer leurs propos. Il faut dire que l'événement est de taille : pour la première fois, les Français ont élu un président de la République de gauche. Le Parti socialiste improvise une immense fête place de la Bastille... À droite, l'incrédulité domine. Pour l'homme de Latche, le plus dur commence maintenant : il a promis de « changer la vie ».

Changer la vie, c'est d'abord changer les mentalités, faciliter l'accès à la culture. Jack Lang, jeune ministre de la Culture, incarne mieux que quiconque ce moment fait d'élans divers, de créativité, d'ambition et de naïveté. L'explosion culturelle est en marche : le budget du ministère double en quelques années. La France fêtera désormais la musique tous les 21 juin, et Téléphone jouera gratuitement pour la première. On crée la Fête du cinéma, les Journées nationales du patrimoine, le Printemps des poètes...

Tout ça est bien un peu officiel, mais Jack Lang passe bien, notamment auprès des jeunes. Son soutien affiché au rock et à la BD rompt avec la politique élitiste des gouvernements précédents. Il choque en col Mao à l'Assemblée, encourage les Jean-Paul Gaultier ou Goude et les cultures alternatives ou minoritaires. La revue *Actuel* fédère les branchés en pantalon à pinces beige, panama et chemises bariolées de motifs géométrique. New wave, funk, néo-romantique, les styles se mélangent : Paris est world, Paris est rap, Paris est latino. Paris

Complètement toqués.

La première alternance de la Ve République.

s'éclate. Pour de bon, chacun fait fait fait, c'qui lui plaît plaît plaît, sur les pistes de danse du Palace ou de la Scala. À 10 ans, on se contente d'apprendre par cœur des paroles d'adultes dans la cour de récréation. Daho, Bashung et les Rita Mitsouko sont nos héros, Grace Jones nous intrigue.

1981, c'est aussi le retour des grands travaux : la Très Grande Bibliothèque, la pyramide du Louvre, l'opéra Bastille, la Cité de la musique… autant de lieux pour rapprocher les Français de la culture. Autant de controverses, aussi, autour de réalisations jugées parfois pharaoniques et superflues.

Changer la vie, c'est aussi abolir la peine de mort – et ce, contre l'avis des Français. François Mitterrand confie à Robert Badinter le soin de défendre cette mesure devant l'Assemblée. L'avocat s'en acquitte avec talent. On range la guillotine.

Changer la vie, c'est, enfin, relancer la consommation et lutter contre le chômage. Le nombre de chômeurs a atteint le million : presque ridicule aujourd'hui, mais affolant pour l'époque… Le second choc pétrolier, en 1979, a cueilli la France en pleine reprise. On augmente le SMIC, le minimum vieillesse et les allocations familiales, on abaisse le temps de travail à 39 heures hebdomadaires et on octroie une cinquième semaine de congés payés. L'âge de départ à la retraite est fixé à 60 ans. Enfin, on nationalise massivement et on crée le très populaire impôt sur la fortune. C'est l'état de grâce, mais il sera de courte durée : le 29 novembre, Jacques Delors, ministre des Finances, demande « une pause dans l'annonce des réformes ». Il s'agira en réalité d'un point final.

Cinéma à la française

En ce début des années 1980, la production cinématographique est riche, haute en couleurs et bouillonnante. Les stars des années 1970 cohabitent joyeusement avec celles des années à venir : le Splendid cartonne depuis Les Bronzés, *et tous les acteurs de la bande s'apprêtent à devenir des monstres sacrés. Dans son rôle de flic bourru et revenu de tout, Lino Ventura accède au sommet de son art, de même que Jean-Paul Belmondo dans un registre plus populaire et bondissant. Bertrand Blier et Yves Montand restent des monstres sacrés, Sophie Marceau éclate dans* La Boum *puis* La Boum 2, *Patrice Leconte s'affirme, Francis Veber se confirme. Bernard Giraudeau, Gérard Lanvin, Jean-Pierre Marielle, Gérard Jugnot, Alain Delon, Daniel Auteuil, Michel Blanc, Michel Serrault, Isabelle Adjani, Philippe Noiret, Pierre Richard, Jean-Claude Brasseur, Catherine Deneuve, Gérard Depardieu, Michel Piccoli… tous coexistent avec brio ; la liste est sans fin et les classiques, que nous devons à François Truffaut, Claude Chabrol, Claude Sautet ou à Claude Pinoteau, innombrables. Comédies populaires ou romantiques, films de mœurs ou policiers, le cinéma français pétille, en dépit de la concurrence de plus en plus vive des grosses cylindrées américaines. Après la disparition de Patrick Dewaere en 1982, de Louis de Funès et de François Truffaut en 1983, la parenthèse se referme lentement. La structure même des salles de cinéma évolue : les petites salles de quartier ferment une à une. Le spectacle prend le pas sur l'émotion.*

Le fleuron de la technologie française.

On avance, on avance, on avance…

Avec Julien Clerc, Véronique Sanson, William Sheller ou encore Michel Jonasz, le jeune et mélancolique Alain Souchon fait partie de la nouvelle scène française des années 1970. Mieux que quiconque, il dit l'air du temps en quelques mots.

Rien de tel qu'un pique-nique pour profiter d'un dimanche de printemps.

En 1983, sa chanson *On avance* se comprend à double sens. Il est trop tard « pour faire la route dans l'autre sens », même dans le tout nouveau TGV qui met Lyon à deux heures de Paris. Cette chanson devient un symbole de la conversion des socialistes au réalisme économique, le symbole aussi d'un certain désenchantement : les communistes ont quitté le gouvernement, un plan de rigueur est décidé en 1983. L'inflation atteint des sommets et le chômage ne baisse pas, en dépit des mesures généreuses de 1981.

Ce que la France portait de fougue et de folle jeunesse dans les années 1970 n'est plus : Patrick Dewaere s'est suicidé un jour d'été 1982. La loufoquerie et l'enfance s'en sont allées aussi : Louis de Funès, qu'on croyait immortel, s'est éteint à Nantes un jour d'hiver 1983. C'est la fin d'un certain âge d'or du cinéma français, mais aussi d'une certaine légèreté. Coluche est un clown triste dans *Tchao Pantin*, Bernard Giraudeau, Gérard Lanvin et Patrice Leconte rêvent de tout plaquer après un gros coup dans *Les Spécialistes*. Les problèmes changent de nature, les utopies ont vécu. Les communautés du Larzac et d'ailleurs se disloquent, une rébellion urbaine éclate aux Minguettes, dans la banlieue de Lyon. Plus loin, un extrémiste religieux tente d'assassiner le pape Jean-Paul II, la dictature soviétique se raidit sur ses ergots, l'Iran s'enfonce dans l'obscurantisme et la guerre…

La fin de la moustache

À la fin des années 1970, la moustache n'est pas une option : c'est un mode de vie. Pour le militant de la CGT, le policier mais aussi l'ouvrier, cet attribut viril est un passage obligé. Pour les jeunes, il s'agit souvent d'une prise de position politique contre l'ordre gaulliste. Les adeptes sont divers : acteurs (comme Patrick Dewaere ou Jean Rochefort), chanteurs (Georges Brassens, Michel Fugain, Michel Delpech ou Gérard Blanc des Martin Circus), comiques (Gérard Jugnot), sportifs (Christian Lopez, mais aussi… Raymond Domenech), animateurs télé (Pierre Bellemare, Bertrand Renard)… Même le très sexy Tom Selleck de « Magnum » arbore un épais balai brosse, à l'instar de Ron Jeremy, une des premières stars du porno made in USA.
Devenue un emblème de la communauté gay dans le monde anglo-saxon (Frankie Goes to Hollywood, Freddie Mercury, Village People), la moustache disparaît en quelques mois et tombe rapidement dans l'oubli.

Dernier moment d'insouciance avant de quitter l'école primaire.

Les années collège

La console nous hypnotise littéralement.

Les années technologie

Si nos parents ou nos grands-parents étaient les enfants de l'électrique, nous sommes ceux de l'électronique, du numérique, du jetable et du sans-fil, sans oublier le Minitel, fleuron de l'industrie des télécommunications du début des

Chronologie

24 janvier 1984
Lancement du Macintosh par Apple Computer Inc.

31 juillet 1984
L'Union soviétique et treize autres pays boycottent les Jeux olympiques de Los Angeles.

31 octobre 1984
En Inde, Indira Gandhi est assassinée par ses gardes du corps sikhs.

4 novembre 1984
Naissance de Canal+.

10 décembre 1984
L'évêque sud-africain Desmond Tutu devient prix Nobel de la paix.

1985
En l'espace d'un an, plus d'un million d'exemplaires de disques compacts se sont vendus en France. Le CD devient le successeur désigné du vinyle.

11 mars 1985
Mikhaïl Gorbatchev remplace Konstantin Tchernenko à la tête de l'URSS.

12 juin 1985
L'Espagne et le Portugal signent leur adhésion à la CEE.

10 juillet 1985
Explosion du *Rainbow Warrior*, navire du groupe écologiste Greenpeace.

14 janvier 1986
Mort de Daniel Balavoine dans un accident d'hélicoptère au Mali.

28 janvier 1986
Explosion de la navette spatiale *Challenger*.

26 avril 1986
Catastrophe de Tchernobyl.

17 septembre 1986
Rue de Rennes, à Paris, un attentat fait sept morts et une soixantaine de blessés.

17 novembre 1986
Assassinat du PDG de Renault, Georges Besse.

1987
Sabrina Salerno, plus connue sous son seul prénom, affole le Top 50 avec sa chanson *Boys* (*Summertime Love*).

24 mars 1987
Lancement de la construction du parc d'attractions Eurodisney.

19 octobre 1987
Krach des marchés de taux d'intérêt et d'actions.

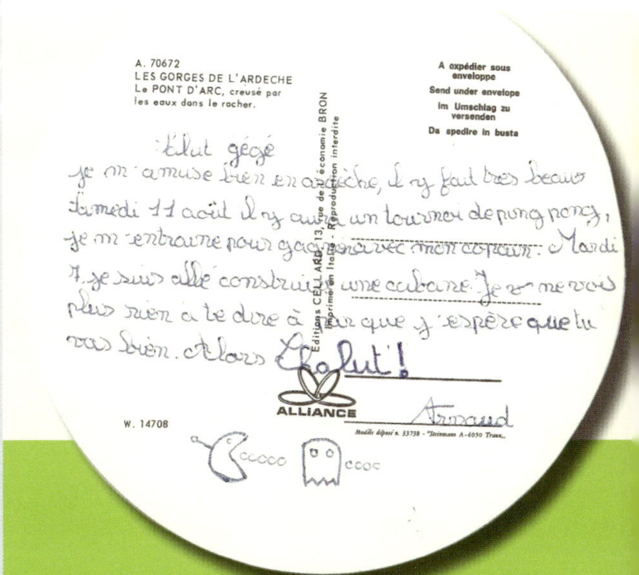
A. 70672
LES GORGES DE L'ARDECHE
Le PONT D'ARC, creusé par les eaux dans le rocher.

A expédier sous enveloppe
Send under envelope
Im Umschlag zu versenden
Da spedire in busta

Editions CELLARD 13, rue de l'économie BRON
Imprimé en Italie - Reproduction interdite

Salut gégé
je m'amuse bien en ardèche, il y fait très beau
samedi 11 août il y aura un tournoi de ping pong,
je m'entraine pour gagner avec mon copain. Mardi
7, je suis allé construire une cabane. Je ne vois
plus rien à te dire à part que j'espère que tu
vas bien. Alors Salut!

Arnaud

W. 14708
ALLIANCE
Modèle déposé n. 33738 - "Steinmann A-4050 Traun.

Une carte postale ronde siglée d'un Pacman : toute une époque…

années 1980. Trouvez l'intrus… Mais l'objet le plus emblématique de l'époque, celui sans lequel on n'ose s'imaginer vivre au XXIe siècle, reste l'ordinateur.

C'est par la voie du jeu qu'il entre dans les foyers. Un *Personal computer* (PC) à la programmation limitée mais complexe, dans lequel on introduit des cassettes (un simple jeu de flipper met quinze minutes à charger) ou des disquettes aux matériaux et dimensions variables : celluloïd souple pour les adeptes de l'Apple, plastique dur en 3 pouces ¼ pour les heureux possesseurs du surpuissant Atari 520 ST.

Au collège, tous les garçons s'échangent des jeux sous le manteau, qu'ils copient illégalement grâce à des logiciels sophistiqués : on cracke les codes en Fortran et le Basic n'a plus de secret pour nous. Un scotch collé sur une cassette ou une disquette permet de la copier. Les parents n'y comprennent déjà plus grand-chose, si ce n'est que leur enfant passe de trop longues heures collé à cet écran.

Ils ont déjà eu bien assez de mal à se séparer des encombrants 33 et 45 tours qui occupaient le bas du meuble hi-fi : ne comptons pas sur eux pour apprécier le compact disc... On l'appelle aussi « disc laser » : un mot qui fait rêver. Il nous rappelle Tron le héros cybernétique, l'épée de Luke Skywalker, les rayons avec lesquels Jean-Michel Jarre joue pendant ses concerts futuristes comme sur un Simon géant...

Le temps des concepts-albums léchés est révolu : il faut des tubes pour passer sur la bande FM et entrer au Top 50. Logique industrielle oblige, le CD s'impose. Il est pratique (fini le rembobinage et la recherche à l'aveugle d'un morceau en posant le saphir sur un sillon), solide (même si l'on n'est pas à l'abri d'une rayure), et il offre un son plus pur (sans crépitement, même si les mélomanes contestent le faible rendu des medium et des aigus et regrettent l'aspect parfois métallique du son). Et tant pis si les pochettes ont des allures de timbres-poste : le CD, c'est l'avenir ; et l'avenir, c'est maintenant. Il est aussi dans la science, avec les récits enthousiastes de Michel Chevalet expliquant la mise en orbite de la fusée Ariane ou les secrets de l'infiniment petit.

Au centre du système scolaire, l'enfant se doit d'être créatif !

Discret et peu encombrant : le magnétoscope...

Mais l'avenir semble surtout signifier la facilité : foin des réglages sans fin et des Polas encombrants, prendre des photos devient un jeu d'enfant avec les appareils jetables. Grâce à la télécommande, on commence à « zapper » de chaîne en chaîne et la télévision se personnalise. Fini les grands-messes audiovisuelles, je regarde ce que je veux quand je veux avec mon magnétoscope à cassettes. Les vidéoclubs poussent comme des champignons, proposant nouveautés et classiques. Au club informatique, notre dieu est le héros de *War Games*, l'histoire d'un ado américain qui réussit à pirater le système informatique militaire américain de chez lui, avec son téléphone relié à son ordinateur. Internet avant l'heure !

Comble de la modernité, on peut rappeler un copain au téléphone grâce à la touche « Bis » et lui demander s'il peut nous prêter le casque de son Walkman car le nôtre a (encore) perdu sa mousse orange à l'oreille droite. À peine deux ans plus tôt, le gros téléphone gris à cadran prêté par les PTT nous faisait souffrir mille morts : à la moindre erreur, il fallait recomposer les sept chiffres... En revanche, on rechigne un peu à se servir du Minitel. Trop jeunes pour utiliser des services administratifs ou des sites commençant par 3615 et suivis de prénoms de jeunes filles peu farouches, nous n'avons jamais cru au Minitel et nous passerons directement à Internet. Pas plus que nous n'avons cru aux épaulettes démesurées et aux motifs géométriques des tailleurs pour « femmes travailleuses », *working girls* à la Melanie Griffith ou *business women* à la Angela Bauer dans « Madame est servie ».

Carl Lewis, l'athlète du siècle.

Si les Ricains n'étaient pas là…

1984. Pour clôturer les Jeux olympiques de Los Angeles, Lionel Ritchie, élégamment vêtu d'une veste bleue électrique à paillettes, chante *All Night Long*. Les États-Unis ont raflé quatre-vingt-quatre médailles d'or et trouvé en Carl Lewis le parfait athlète – souriant, combatif et élégant. Le boycott des pays du bloc soviétique marque encore un peu plus le clivage qui divise cette époque : la gentille Amérique face au monde communiste obscur.

Rocky, le sauveur de l'Occident.

« Si moi j'ai changé, si vous avez changé, alors tout le monde peut changer ! », déclame Sylvester Stallone dans *Rocky 4*, à la fin de son combat contre Drago, le géant russe. Tout est dit : les États-Unis sont partout, qu'on le veuille ou non. Sur la scène internationale, le programme de « guerre des étoiles » lancé par Ronald Reagan met au supplice les finances soviétiques. Dans la cour, les États-Unis sont bien présents aussi : chaque collégien qui se respecte porte un sac US et des Nike, et s'amuse à reproduire des figures aussi invraisemblables qu'inutiles avec son roll'in, descendant du yoyo. On découvre le hip-hop grâce à l'émission de Sydney (certains osent le « smurf ») ; l'aérobic fait l'objet d'un culte et le rap est est tout juste naissant.

Au cinéma, les succès tombent comme s'il en pleuvait : *Retour vers le futur*, *E.T.*, *Le Retour du Jedi*, *Les Gremlins*, *Ghostbusters*, *Rocky*, *Rambo*, *Terminator*, *Conan le Barbare*, *Indiana Jones*... Des séries télévisées comme « Dynastie » ou « Santa Barbara » célèbrent le mode de vie américain, de même que des sitcoms familiales comme « Madame est servie ». Mais le feuilleton qui résume à lui seul les États-Unis des années 1980, c'est « Dallas » : une famille qui se déchire autour du pétrole, régle ses comptes mais en appelle régulièrement aux valeurs morales d'un pays soudain redevenu très pudibond. On y porte Stetson et lavallière, ambiance western moderne et darwinisme économique. Woodstock est loin.

Quant à nous, nous invoquons nos héros justiciers : « K2000 » et « Supercopter » rivalisent d'effets spéciaux pour en mettre plein les yeux aux jeunes naïfs que nous sommes, habitués à « Pause Café » ou à « Maguy ». David Hasseloff 1, Rosy Varte 0 ! Les sports américains font leur entrée dans nos salons : la Cinq diffuse du football américain, Canal+ retransmet les combats de Mike Tyson et fait découvrir le golf et la NBA aux habitués des Roanne / Le Mans. Le base-ball devient un must pour tout adolescent français. Tout est plus beau, plus grand, plus coloré aux États-Unis. Même la nourriture : Mac Donald's essaime. La France, royaume de la gastronomie, devient le deuxième marché le plus important du géant de la nourriture à la chaîne.

On dirait le Sud

Dans les années 1980, le sud de la France devient un nouvel eldorado. Des villes jusque-là endormies, comme Nice, Cannes ou Aix-en-Provence, sont réveillées par un afflux de Parisiens en quête de soleil et d'une meilleure qualité de vie. De nombreux re-traités viennent goûter aux joies du farniente dans des paysages apaisants. Certaines villes, comme Montpellier, accueillent majoritairement des étudiants ; tandis que Toulouse devient la terre de prédilection des cadres d'Airbus.

C'est en Talbot Solara verte que certains partent dans le Var pour une retraite paisible. D'autres retapent une petite bicoque typique dans l'arrière-pays. Les lotissements crème et rose poussent au milieu des garrigues, les autoroutes relient les côtes à l'arrière-pays, et les zones d'activités commerciales se développent en dépit du bon sens, comme aux abords de toutes les grandes villes françaises. Le Sud authentique de Marcel Pagnol laisse peu à peu la place aux aménagements urbains. Mais peu importe : chaque année, les Français sont de plus en plus nombreux à « descendre ».

Et certains les appellent encore « patins à roulettes ».

Adolescents entre menaces et humanitaire

Les images arrivent en rafales ; elles sont violentes et cruelles. Celle de la petite Omera, cette enfant colombienne dont nous vivons en direct l'agonie pendant plusieurs jours, nous poursuit jusque dans nos rêves. Est-ce dû à la concurrence entre les différentes chaînes télévisées, obligées d'en faire toujours plus pour plaire au nouveau dieu Audimat ? Est-ce une prise de conscience ou une tentative de la réveiller ?

Nous sommes encore si jeunes, et notre culpabilité est titillée lorsque

Une conscience s'éveille…

la famine en Éthiopie s'invite entre la purée et le boudin – on y est tous les jours un peu plus maigre, un peu plus jeune, un peu plus nombreux. « C'est comme ça, que veux-tu ! » concluent les pères, pragmatiques et terriens. Les mères nous éloignent de la télévision et se demandent si ce spectacle est indécent ou nécessaire. C'est loin l'Afrique, une terre encore incomprise. *We Are the World*, le tube de USA for Africa, engrangera des millions de dollars pour lui venir en aide. En juillet 1985, le concert Live Aid sera suivi par 1,5 milliard de personnes ! Un élan de générosité qui fera des vagues... et le *charity business* deviendra le modèle à suivre.

En France aussi, certains n'ont rien. On parle de « quart-monde », mais pas encore de « SDF ». Alors, même s'il ne promet « pas le grand soir, mais juste à manger et à boire », Coluche met le doigt là où ça fait mal : si l'État ne fait rien pour les nouveaux pauvres, lui, grâce à son nom et à sa notoriété, va collecter et distribuer de quoi manger aux démunis. Ses Restos du cœur remporteront un franc succès, et la « générosité naturelle des Français » permettra à l'État de se désengager discrètement.

Sur la même lancée, en 1987, le premier Téléthon récolte l'équivalent de près de 30 millions d'euros pour tenter de soigner les personnes atteintes de myopathie. La famine et la maladie ne sont probablement pas plus présentes qu'avant, mais il est désormais impossible de les ignorer.

Sur cette atmosphère de culpabilité ambiante va se greffer une peur qui s'installera peu à peu. En 1985, à Paris, débute une série de treize attentats dont le plus meurtrier fera sept morts, rue de Rennes. Le terrorisme entre durablement dans la vie des Français. Les coupables ? Des fondamentalistes musulmans, qui permettront au Front national de renflouer son argumentaire. Un Premier ministre finira par déclarer que ce parti pose de bonnes questions même s'il y apporte de mauvaises réponses.

Le nucléaire civil aussi peut s'avérer dangereux.

Et à cette peur s'en ajoutera une autre. J'apprends la mort de Rock Hudson au retour de ma première boum, sur l'autoradio de la voiture de la mère d'un copain : acteur homosexuel, Rock Hudson est mort d'une nouvelle maladie qui n'inquiète pour le moment que les communautés homosexuelles, alors que tous sont concernés : le sida. Le sexe fait à peine son entrée dans notre vie qu'il (re)devient déjà tabou.

Les rumeurs les plus folles courent sur les modes de transmission et sur les personnalités publiques atteintes par la maladie. La belle Isabelle Adjani se voit obligée de venir démentir en personne et en direct la rumeur qui la dit malade, au 20 Heures. Les campagnes de prévention se multiplient : « Il ne passera pas par moi », clame un slogan. Le sida, ou l'amour ? Un bout de latex translucide et gras devient furieusement tendance : le préservatif.

Aurons-nous seulement le temps de mourir de cette affreuse maladie ? Oui, car le nuage radioactif issu de l'explosion, en avril 1986, du réacteur n°4 de la centrale nucléaire de Tchernobyl, en Ukraine, a le bon goût d'arrêter sa course aux frontières françaises. Même âgés de 13 ans, nous ne croyons pas un mot de la lancinante propagande officielle, relayée par Yves Mourousi et Marie-Laure Augry.

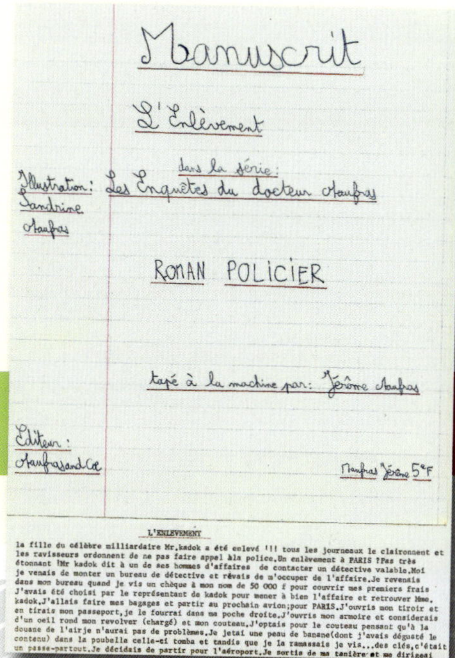
Manuscrit

L'Enlèvement

dans la série:

Illustration: Sandrine Maufras

Les Enquêtes du docteur Maufras

ROMAN POLICIER

tapé à la machine par: Jérôme Maufras

Editeur: Maufras and Co

Maufras Jérôme 5eF

L'ENLEVEMENT

la fille du célèbre milliardaire Mr.kadok a été enlevé !!! tous les journeaux le claironnent et les ravisseurs ordonnent de ne pas faire appel àla police.Un enlèvement à PARIS ?Pas très étonnant !Mr kadok dit à un de ses hommes d'affaires de contacter un détective valable.Moi je venais de monter un bureau de détective et rêvais de m'occuper de l'affaire.Je revenais dans mon bureau quand je vis un chèque à mon nom de 50 000 f pour couvrir mes premiers frais J'avais été choisi par le représentant de kadok pour mener à bien l'affaire et retrouver Mme. kadok.J'allais faire mes bagages et partir au prochain avion;pour PARIS.J'ouvris mon tiroir et en tirais mon passeport,je le fourrai dans ma poche droite.J'ouvris mon armoire et considerais d'un oeil rond mon revolver (chargé) et mon couteau.J'optais pour le couteau pensant qu'à la douane de l'airje n'aurai pas de problèmes.Je jetai une peau de banane(dont j'avais dégusté le contenu) dans la poubelle celle-ci tomba et tandis que je la ramassais je vis...des clés,c'était un passe-partout.Je décidais de partir pour l'aéroport.Je sortis de ma tanière et me dirigeai

Un génie littéraire est né.

Le petit Grégory

Un fait divers affreux va bouleverser la France au milieu des années 1980. Un garçonnet âgé de 4 ans est retrouvé noyé, pieds et poings liés, dans une rivière des Vosges, le 16 octobre 1984. Il s'appelle Grégory, et sa mort atroce défraie d'emblée la chronique. Un mystérieux corbeau semble être le coupable : depuis quatre ans, il harcèle le couple Villemin en lui envoyant des lettres anonymes. La dernière, datée du jour du drame, revendique l'assassinat.
Le premier motif envisagé est familial : on imagine un règlement de comptes entre Jean-Marie Villemin, le père de l'enfant, et Bernard Laroche, son beau-frère, jaloux de sa réussite sociale. La presse joue la carte du sensationnel et entretient un climat délétère auquel ne résistera pas Jean-Marie Villemin. Le 29 mars 1985, il se rend chez Bernard Laroche armé d'un fusil et l'abat. Le drame prend une dimension inattendue. Quelques mois plus tard, nouveau rebondissement : les soupçons s'orientent désormais vers Christine Villemin, la mère de l'enfant. Comble du sordide, on retrouve dans la cave familiale une cordelette identique à celle utilisée pour attacher Grégory. Tout s'emballe. Le summum est atteint quand Marguerite Duras signe dans Libération *un texte où elle qualifie l'éventuel meurtre de l'enfant par sa génitrice de « sublime, forcément sublime ».*
Vingt-six ans après le drame, on ne sait toujours pas qui a tué le garçonnet. Mais une chose est sûre : la violation du secret de l'instruction, les prises de position de la presse, la rétractation d'un témoin clé, le manque de soin dans la collecte et la conservation des indices, les rivalités au sein des services de police ou de gendarmerie, ont constitué un cocktail détonant qui a donné à cette période une couleur très sombre. Cette affaire très médiatisée marque une rupture avec la télévision de papa et nous fait entrer de plain-pied dans une télé spectacle, volontiers racoleuse.

Un groupe velu d'ailleurs…

Les années « flambe »

Face à de telles menaces, les années 1980 promeuvent le *fun* et la flambe. Il faut faire toujours plus de bruit, porter plus de couleurs, promettre plus de spectacle : la surenchère est reine. Depuis la loi sur la libéralisation des ondes, les radios se multiplient et se livrent à une rude concurrence pour séduire un public de plus en plus jeune : NRJ, Skyrock et Fun Radio passent des tubes toute la journée pour coller au Top 50.

Hors de question de se prendre la tête : le string fluo est roi dans les clips de Sabrina, qui affiche des mensurations tout en exagération. Les filles portent des bracelets brésiliens multicolores et des créoles aux oreilles, et idolâtrent Morten Harket, le chanteur du groupe norvégien A-Ha. L'Italie n'est pas en reste : Silvio Berlusconi, un affairiste, rachète la Cinquième chaîne et promet monts et merveilles aux spectateurs – jeux, filles affriolantes et spectacle permanent. Il débauche les meilleurs animateurs des autres chaînes en leur offrant des millions.

Le hard rock *mainstream* de Van Halen ou de Poison ajoute un peu de blondeur peroxydée à l'ensemble : la couleur et le goût du hard rock, mais des gueules de minets californiens. Aussi toc que la coupe en brosse de Gérard Holtz est rebelle, aussi jeune que le candidat Jacques Chirac, qui a choisi pour hymne le *Final Countdown* du groupe de heavy metal suédois Europe. Mais, comme on dit alors, ça décoiffe !

La flambe, c'est surtout celle du fric : les publicitaires règnent en maîtres et Jacques Séguéla est leur prophète. Peau tannée aux UV, il proclame l'avènement de l'ère de la communication : plus de forme et moins de fond. Véritable synthèse de l'époque, Bernard Tapie cumule tous les signes de la réussite : une faconde sans limites, des promesses dans chaque manche, une lampe à UV réglée au maximum, un sourire carnassier et un club de foot qui entre sur le terrain au son de Van Halen. Il fascinera jusqu'au président Mitterrand, qui le nommera ministre de la Ville. Bling-bling avant l'heure, il tombera en 1991, quand le vent aura tourné. Ce qui flambe finit toujours par s'éteindre.

Sabrina Salerno, reine du bikini et du minishort.

Les années lycée

Le saxophone, un instrument très à la mode.

Une génération de chômeurs passe le bac

Le lycée, c'est avant tout le bac : une épreuve redoutée, vers laquelle un ministre inspiré entend envoyer 80 % d'une classe d'âge. On parle du bac, mais on devrait parler des bacs : A pour les littéraires (dont les fameux A3 option théâtre et A4 option histoire, oubliés depuis), B pour les économistes, C pour

Chronologie

4 mai 1988
Fin de la guerre Iran-Irak.

20 août 1988
Mise en place du revenu minimum d'insertion (RMI).

1er décembre 1988
Libération des trois otages français enlevés au Liban, Marcel Carton, Marcel Fontaine et Jean-Paul Kauffmann, après 1 138 jours de captivité.

7 décembre 1988
En Arménie, un tremblement de terre fait plus de 25 000 morts.

7 janvier 1989
L'empereur nippon Hirohito meurt après soixante-deux ans de règne.

20 janvier 1989
Début de la présidence républicaine de George Bush aux États-Unis.

13 juillet 1989
Inauguration de l'opéra Bastille à Paris.

9 novembre 1989
Chute du mur de Berlin.

27 juillet 1990
Citroën arrête la production de la 2CV.

2 août 1990
Les troupes irakiennes de Saddam Hussein envahissent le Koweït.

1er octobre 1990
Au Rwanda, début de l'attaque des exilés tutsis depuis l'Ouganda.

1er décembre 1990
Jonction du tunnel sous la Manche entre le Royaume-Uni et la France.

21 décembre 1990
Fermeture de la dernière mine de charbon dans le Nord-Pas-de-Calais.

10 janvier 1991
Loi Évin visant à lutter contre le tabagisme.

3 mars 1991
Fin de la guerre du Golfe.

29 avril 1991
Au Bangladesh, le cyclone Gorky fait plus de 138 000 morts.

26 décembre 1991
Le Soviet suprême dissout formellement l'URSS.

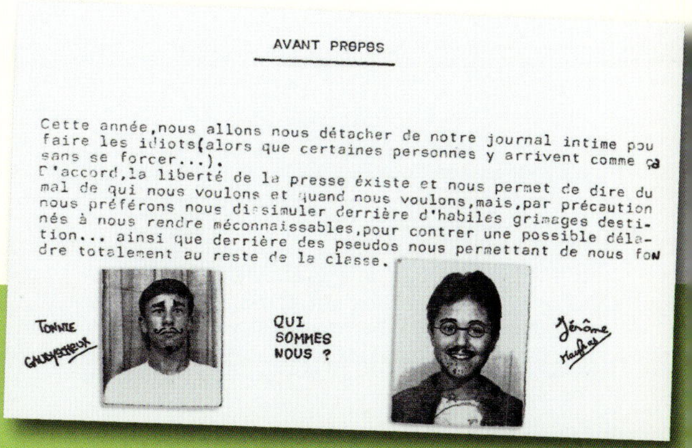
AVANT PROPOS

Cette année,nous allons nous détacher de notre journal intime pou faire les idiots(alors que certaines personnes y arrivent comme ça sans se forcer...).
D'accord,la liberté de la presse éxiste et nous permet de dire du mal de qui nous voulons et quand nous voulons,mais,par précaution nous préférons nous dissimuler derrière d'habiles grimages destinés à nous rendre méconnaissables,pour contrer une possible délation... ainsi que derrière des pseudos nous permettant de nous fon dre totalement au reste de la classe.

Tonnie Gaubysheur

QUI SOMMES NOUS ?

Jérôme Hauflee

Ringardise, un journal devenu culte !

les forts en maths et D pour les scientifiques qui, à l'instar de ma grande sœur, aiment disséquer des pelotes de déjection de buses. Mais aussi E, F et G, chantés par Michel Sardou, et sûrement d'autres, perdus dans une aile du lycée.

À la fin des années 1980, c'est maths ou rien. Les autres filières conseillées sont la communication et le journalisme ; celles à oublier sont la littérature et la philosophie. Dommage, car nous manquons ostensiblement de vocation pour les sciences physiques, et les expériences menées sur un potentiomètre nous ennuient profondément. Ce que nous aimons, c'est faire rire, traîner à la FNAC en quête de la dernière BD d'Édika ou d'Enki Bilal, créer une émission de radio enregistrée sur cassette qui se passe sous le manteau et s'écoute sur walkman, inventer des journaux, rédiger des poèmes en alexandrins, et récolter nos premiers lauriers à la suite d'un

Le règne des sweat-shirts larges et des jambières d'aérobic.

spectacle improvisé en cours de français le dernier jour de l'année. Au programme, quiz, demi-jeux de mots, imitations de profs et bisou de la plus jolie fille de la classe en récompense. Un duo est né !

Les commémorations du bicentenaire de la Révolution française

Amateurs d'Histoire, les Français sont aussi les rois de la commémoration. Ils vont le prouver à l'occasion des fêtes du bicentenaire. Le projet est d'ampleur et constitue un symbole fort pour le pouvoir socialiste qui entame alors son second mandat. Signe de cette volonté politique, le ministère de la Culture est rebaptisé entre juin 1988 et mai 1991, sous le deuxième gouvernement Rocard, « ministère de la Culture, de la Communication, des Grands travaux et du Bicentenaire ». Un grand défilé sur les Champs-Élysées est notamment organisé par Jean-Paul Goude, qui mêle tambours, jongleurs, danseurs et échassiers dans une mise en scène moderne et innovante, et servira de modèle à nombre de grandes manifestations mondiales (Jeux olympiques d'Albertville ou Coupe du monde de football). Point d'orgue de la célébration festive, la chanteuse Jessye Norman, ceinte d'un drapeau français, entame une vibrante Marseillaise *devant 10 000 spectateurs. Au-delà de ces manifestations, la France est agitée par deux controverses : d'une part, l'affrontement toujours vivace entre une vision « marxisante » de l'histoire révolutionnaire, incarnée par Michel Vovelle, et la vision réformatrice de François Furet. D'autre part, une critique venue de la gauche, portée par le chanteur Renaud et son slogan « ça suffat comme si », s'exerçant contre le caractère pharaonique et indécent des festivités à l'heure où le gouvernement Rocard vient de promulguer la loi sur la création du revenu minimum d'insertion. Deux cents ans après, la Révolution n'a pas fini de diviser les Français.*

L'indicible fierté du premier appartement.

Le début des passions

Bien sûr, il y a une voie à choisir, un baccalauréat à passer, un métier à trouver. L'entonnoir se resserre, même si les envies débordent. À 16 ans, tout est possible : le monde n'a qu'à bien se tenir, car nous voilà prêts à relever tous les défis.

Nous nous appliquons tout de même à conserver une moyenne décente en classe – il ne s'agirait pas de redoubler ou d'échouer à l'examen suprême. Mais les passions et le rêve prennent doucement le pas sur la tristesse d'un cours de physique ou d'allemand. Et tel le cheval de Troie, le lycée cache en son sein l'embryon d'une révolte. Club de théâtre, vidéo ou d'échecs, même si leur pertinence et leur organisation laissent un peu à désirer, ces fenêtres de liberté sèment en nous une graine de vie qui ne nous quittera plus.

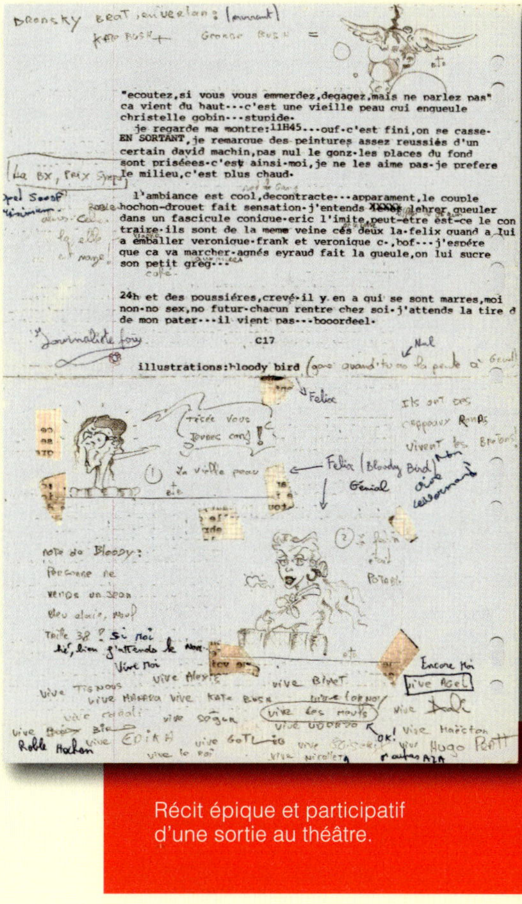

"ecoutez,si vous vous emmerdez,degagez,mais ne parlez pas" ca vient du haut...c'est une vieille peau qui engueule christelle gobin...stupide.

je regarde ma montre:11H45...ouf.c'est fini,on se casse. EN SORTANT,je remarque des peintures assez reussiés d'un certain david machin,pas nul le gonz.les places du fond sont priséees.c'est ainsi.moi,je ne les aime pas.je prefere le milieu,c'est plus chaud.

l'ambiance est cool,decontracte...apparament,le couple hochon-drouet fait sensation.j'entends lehrer gueuler dans un fascicule conique.eric l'imite,peut-etre est-ce le contraire.ils sont de la meme veine cés deux la.felix quand a lui a emballer veronique.frank et veronique c.,bof...j'espére que ca va marcher.agnés eyraud fait la gueule,on lui sucre son petit greg...

24h et des poussiéres,crevé.il y en a qui se sont marres,moi non.no sex,no futur.chacun rentre chez soi.j'attends la tire de mon pater...il vient pas...booordeel.

C17

illustrations:bloody bird

Récit épique et participatif d'une sortie au théâtre.

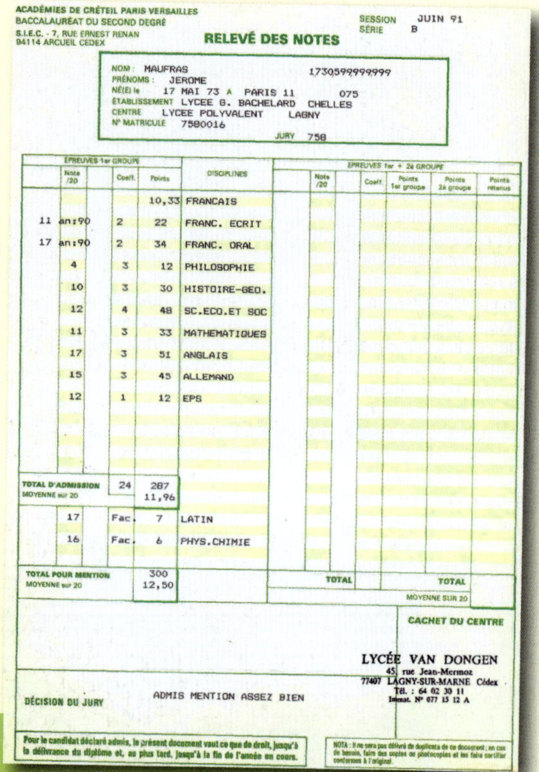

ACADÉMIES DE CRÉTEIL PARIS VERSAILLES
BACCALAURÉAT DU SECOND DEGRÉ
S.I.E.C. - 7, RUE ERNEST RENAN
94114 ARCUEIL CEDEX

SESSION JUIN 91
SÉRIE B

RELEVÉ DES NOTES

NOM : MAUFRAS 1730599999999
PRÉNOMS : JEROME
NÉ(E) le 17 MAI 73 A PARIS 11 075
ÉTABLISSEMENT LYCEE G. BACHELARD CHELLES
CENTRE LYCEE POLYVALENT LAGNY
N° MATRICULE 7580016
JURY 758

ÉPREUVES 1er GROUPE					DISCIPLINES	ÉPREUVES 1er + 2è GROUPE						
	Note /20		Coeff.	Points			Note /20		Coeff.	Points 1er groupe	Points 2è groupe	Points retenus
				10,33	FRANCAIS							
11	an:90		2	22	FRANC. ECRIT							
17	an:90		2	34	FRANC. ORAL							
	4		3	12	PHILOSOPHIE							
	10		3	30	HISTOIRE-GEO.							
	12		4	48	SC.ECO.ET SOC							
	11		3	33	MATHEMATIQUES							
	17		3	51	ANGLAIS							
	15		3	45	ALLEMAND							
	12		1	12	EPS							
TOTAL D'ADMISSION MOYENNE sur 20			24	287 11,96								
	17		Fac.	7	LATIN							
	16		Fac.	6	PHYS.CHIMIE							
TOTAL POUR MENTION MOYENNE sur 20				300 12,50			TOTAL			TOTAL MOYENNE SUR 20		

CACHET DU CENTRE

LYCÉE VAN DONGEN
45, rue Jean-Mermoz
77407 LAGNY-SUR-MARNE Cédex
Tél. : 64 02 30 11
Immat. N° 077 15 12 A

DÉCISION DU JURY ADMIS MENTION ASSEZ BIEN

Pour le candidat déclaré admis, le présent document vaut ce que de droit, jusqu'à la délivrance du diplôme et, au plus tard, jusqu'à la fin de l'année en cours.

NOTA : Il ne sera pas délivré de duplicata de ce document ; en cas de besoin, faire des copies ou photocopies et les faire certifier conformes à l'original.

La précieuse collante, sésame vers le supérieur.

Certes, quelques réticences exprimées par le haut siège parental pourront perturber cet élan. Ma proposition de m'orienter vers un bac A3 option théâtre déclenchera un sourire entendu chez mon père ; mon insistance transformera ce sourire en un regard plus sombre accompagné d'un « non » sentencieux. Devenir professionnel des échecs ? Pas plus. Difficile d'exister contre la volonté de ceux qui ne conçoivent pas d'autre voie possible que celle qui mène du lycée au travail en passant par l'université. Il faut alors faire le dos rond, réviser gentiment les Trente Glorieuses et les logarithmes, passer son bac français sans y laisser trop de plumes, se faire recenser pour le service national et continuer de penser que notre route, c'est à nous de la tracer.

Les années provoc'

La fin des années 1980 est bien terne. Pour réveiller une décennie qui se meurt, certains se lancent dans la provocation à outrance. À défaut de talent, elle tient lieu de marque de fabrique. Son bastion : Canal+ et son fameux « esprit ». Des jeunes gens bien nés nous y font partager leurs outrances. Le barnum de Canal à Cannes entraîne drogués et filles de petite vertu dans des nuits blanches. Antoine de Caunes excelle dans ce registre, jusqu'à ce que la mécanique tourne à vide.

Sur Antenne 2, Thierry Ardisson reçoit aux Bains Douches des invités qui donnent invariablement dans la surenchère. Il faut être *trash* et le dire, quitte à forcer le trait. Serge Gainsbourg l'a bien compris : malade, mais rebelle institutionnalisé, il déclare sa flamme à Whitney Houston sur le plateau de Michel Drucker – « *Tell her I want to fuck her.* »

La Gainsbarre attitude.

Quant aux Nuls, ils mettent la provocation à portée de télécommande. Ils jouent aussi l'outrance pour le grand public quand Alain Chabat, toujours chez Michel Drucker – décidément –, présente une parodie de journal télévisé, qu'il conclut en se levant. Stupeur, il est en porte-jarretelles ! Drucker joue les vierges effarouchées : voilà trente ans qu'il maîtrise le numéro à merveille. Cette fête un peu triste prendra fin le 2 mars 1991 : Serge Gainsbourg meurt de ses excès.

Le peuple allemand enfin réuni.

Une nouvelle ère

Les masques tombent et le Mur aussi. Nous l'apprenons par la télévision, dont les images, qui nous paraissent irréelles, inaugurent une nouvelle ère : celle de l'info en continu. La chute du communisme vient compliquer les cartes de géographie – trop tard pour le bac, Dieu merci ! La guerre du Golfe, sur-médiatisée avec l'intervention de consultants militaires et la diffusion d'infos minute par minute, ne sera pas plus au programme. La France y entre le 16 janvier 1991 : Mitterrand assume, Chirac soutient, mais Chevènement démissionne.

Dans cette période trouble, nous sommes en quête de héros. Pour beaucoup d'entre nous, il s'appellera Patrick Bruel : les filles en sont folles et il donnera envie d'apprendre le français à nombre de nos voisins. Ses concerts sont saturés de « Patriiiiiick » stridents qui recouvrent parfois les chansons.

« Ô capitaine, mon capitaine… »

Rien de pire
qu'un petit frère.

Les grands sentiments qui règnent dans *Le Cercle des poètes disparus* viennent compléter ce tableau fait d'adolescence, de sincérité et de peur de l'inconnu : « *Carpe diem* » devient le slogan d'une génération. Je pense même à partir définitivement à l'aventure, à tout quitter pour vivre la vie telle qu'elle vaut d'être vécue. On n'est pas sérieux quand on a 17 ans.

Pour le moment, il faudra tout de même choisir entre le monde lisse d'AB Productions et le grunge de Nirvana. Hélène cartonne chaque semaine dans « Hélène et les garçons » sitcom française à base de couleurs pastel et d'intrigues aussi solides que le carton-pâte des décors. Chaque jour, des millions d'enfants et d'ados suivent les tribulations de cette joyeuse bande. De l'autre côté du spectre, l'adolescence aussi, mais vomie par un Kurt Cobain entre drogue, rébellion et narcolepsie. *Nevermind* sera le manifeste du grunge, un style musical fondé sur des riffs de guitare agressifs, à mi-chemin entre le punk et le heavy metal.

Quelque chose sonne juste chez ces garçons portant jeans déchirés et chemises à carreaux ouvertes sur des t-shirts informes, sans oublier un début de barbe et des cheveux longs, volontairement gras. Le grunge est sale et le revendique. Pearl Jam, Alice in Chains, Soundgarden, les Pixies… Des États-Unis émerge le son d'une nouvelle révolte, pourtant dénuée de véritable espoir. Kurt Cobain se suicide quelques mois après que son groupe a rencontré un succès planétaire. Reste l'humour acide d'une famille américaine déjantée pour rire des travers de l'époque : les Simpsons. Avec 2,5 millions de chômeurs, il y a peu à espérer pour les enfants de 1973, si ce n'est qu'ils grattent un bulletin gagnant du Millionnaire…

Avec les Simpsons, l'Amérique rit jaune.

Show must go on…

La mort de Freddie Mercury

Tour à tour fantasque, grandiloquent et baroque, Freddie est une diva rescapée de la folie des années 1970. Évoluant avec aisance au gré des modes, il assume de plus en plus clairement son ambivalence sexuelle : androgyne à l'époque du glam rock, il était devenu une icône gay au tournant des années 1980, arborant les moustaches de rigueur et laissant deviner un marcel sous le perfecto.
Lorsque Queen connaît son apogée médiatique au concert Live Aid en 1985, Freddie Mercury sait depuis quelques mois qu'il est atteint du sida. Alors qu'on propose des ponts d'or au groupe pour se produire en URSS ou en Chine, il décline les invitations en prétextant son âge, 40 ans. À la fin des années 1980, son calvaire est un secret de polichinelle. Malgré deux albums, il fait de moins en moins d'apparitions publiques et tente de camoufler son inquiétante maigreur. Jusqu'au 24 novembre 1991, jour de l'annonce de son décès.

Les pulls tricotés main sont toujours très appréciés.

Les échappées belles

Désormais, la famille ne sera plus tout à fait comme avant : les grandes sœurs ont quitté le domicile familial et se lancent dans la vie professionnelle. Elles vont à l'École normale en Fiat Panda ou en Ford Fiesta et deviennent enseignantes. Premières économies, premiers appartements. La maison nous paraît un peu plus grande... Heureusement, nous débordons d'envies. À nous les Johanne, les Ingrid, les Veronika, les Catherine, les Sophie...

À nous, ou aux autres ! La fille des années 1990 est une terre inconnue : vêtue de bodies et de pantalons marron, chaussée de mocassins plats, elle aime *Dirty Dancing* et *Top Gun* et se rêve en Julia Roberts dans *Pretty Woman*. Elle écoute Terence Trent d'Arby ou Wet Wet Wet. Elle pense au bac et à des hommes à moto, chaussés de santiags et vêtus de blousons aviateur Chevignon. Ce sont des femmes, et nous sommes des garçons.

On en veut toujours à Patrick Swayze, le gentil danseur de mambo, ou à Tom Cruise, le souriant aviateur. On en veut aux cartes postales en noir et blanc de machos attendrissants, serrant contre leurs tablettes de chocolat des bébés endormis. On en veut aux clips montrant des vases qui se brisent au

Voici venu le temps des voyages avec sac à dos.

ralenti et des portes qui claquent : difficile de lutter quand on a de l'acné jusqu'aux oreilles, une coupe approximative et des pulls désormais interdits par la police du bon goût !

Plus tard, il me faudra aussi tricher et mentir autour de diabolos menthe, en hypokhâgne sur la place Clichy à Paris. Mais finalement rôdés aux affaires du cœur, pleins de zèle, nous tirerons notre épingle du jeu avec brio : partis de rien et revenus de tout, nous abordons le futur comme nos relations amoureuses, en sachant que rien ne dure mais que tout reste.

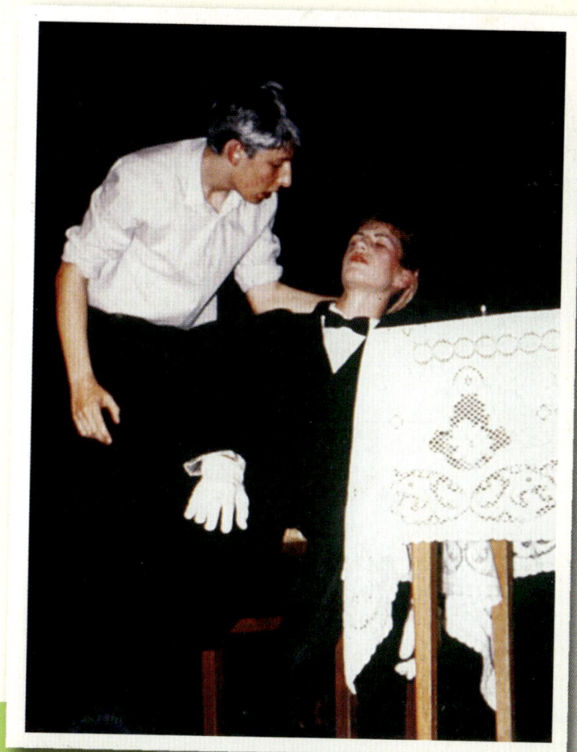

Le virus de la comédie.

Souvenez-vous de vos premières années...

Un livre-cadeau vraiment personnel !

Les dix-huit années de notre enfance et de notre adolescence racontées dans un livre.

48 titres, de 1930 à 1977, sont déjà disponibles !

Et d'autres en préparation...

Éditions Wartberg
40, rue de l'Échiquier
75010 Paris

Diffusion – Distribution SOFEDIS
11, rue Soufflot,
75005 Paris
Tél. 01.53.10.25.25, Fax 01.53.10.25.26